AF317133

INVENTAIRE
Ye 21.662

ÉTRENNES

PATRIOTIQUES ET MORALES

EN VERS,

AUX AMIS DE L'HUMANITÉ,

DE LA PHILOSOPHIE ET DES ARTS.

Suivre de l'Équité les lois
Fait d'un Peuple libre la gloire ;
Et se vaincre après la Victoire,
C'est avoir triomphé deux fois.
SENEQ. *Ep.* VIII, *et Prov.*

Paris,

DELAUNAY, LIBRAIRE,

AU PALAIS-ROYAL.

—

1831.

ÉTRENNES

PATRIOTIQUES ET MORALES.

ÉTRENNES

PATRIOTIQUES ET MORALES

EN VERS,

AUX AMIS DE L'HUMANITÉ,

DE LA PHILOSOPHIE ET DES ARTS.

Suivre de l'Équité les lois
Fait d'un Peuple libre la gloire ;
Et se vaincre après la Victoire,
C'est avoir triomphé deux fois.

Seneq. *Ep.* VIII, *et Prov.*

Paris,

Chez **DELAUNAY**, libraire,

AU PALAIS-ROYAL.

—

1834.

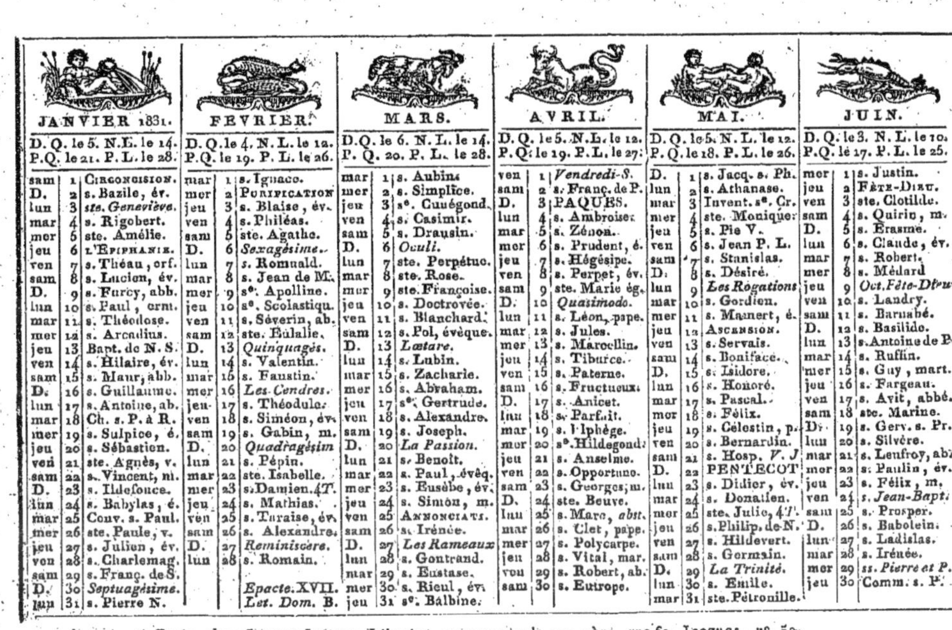

JANVIER 1831.			FEVRIER.			MARS.			AVRIL.			MAI.			JUIN.		
D. Q. le 5. N. L. le 14.			D. Q. le 4. N. L. le 12.			D. Q. le 6. N. L. le 14.			D. Q. le 5. N. L. le 12.			D. Q. le 5. N. L. le 12.			D. Q. le 3. N. L. le 10.		
P. Q. le 21. P. L. le 28.			P. Q. le 19. P. L. le 26.			P. Q. 20. P. L. le 28.			P. Q. le 19. P. L. le 27.			P. Q. le 18. P. L. le 26.			P. Q. le 17. P. L. le 25.		
sam	1	Circoncision.	mar	1	s. Ignace.	mar	1	s. Aubin.	ven	1	Vendredi-S.	D.	1	s. Jacq. s. Ph.	mer	1	s. Justin.
D.	2	s. Bazile, év.	mer	2	Purification	mer	2	s. Simplice.	sam	2	s. Franç. de P.	lun	2	s. Athanase.	jeu	2	Fête-Dieu.
lun	3	ste. Geneviève.	jeu	3	s. Blaise, év.	jeu	3	sᵉ. Cunégond.	D.	3	PAQUES.	mar	3	Invent. sᵉ. Cr.	ven	3	ste. Clotilde.
mar	4	s. Rigobert.	ven	4	s. Philéas.	ven	4	s. Casimir.	lun	4	s. Ambroise.	mer	4	ste. Monique.	sam	4	s. Quirin, m.
mer	5	ste. Amélie.	sam	5	ste. Agathe.	sam	5	s. Drausin.	mar	5	s. Zénon.	jeu	5	s. Pie V.	D.	5	s. Erasme.
jeu	6	L'Epiphanie.	D.	6	Sexagésime.	D.	6	Oculi.	mer	6	s. Prudent, é.	ven	6	s. Jean P. L.	lun	6	s. Claude, év.
ven	7	s. Théau, orf.	lun	7	s. Romuald.	lun	7	ste. Perpétue.	jeu	7	s. Hégésipe.	sam	7	s. Stanislas.	mar	7	s. Robert.
sam	8	s. Lucien, év.	mar	8	s. Jean de M.	mar	8	ste. Rose.	ven	8	s. Perpet, év.	D.	8	s. Désiré.	mer	8	s. Médard
D.	9	s. Furcy, abb.	mer	9	sᵉ. Apolline.	mer	9	ste. Françoise.	sam	9	ste. Marie ég.	lun	9	Les Rogations	jeu	9	Oct. Fête-Dieu
lun	10	s. Paul, erm.	jeu	10	sᵉ. Scolastiqu.	jeu	10	s. Doctrovée.	D.	10	Quasimodo.	mar	10	s. Gordien.	ven	10	s. Landry.
mar	11	s. Théodose.	ven	11	s. Séverin, ab.	ven	11	s. Blanchard.	lun	11	s. Léon, pape.	mer	11	s. Mamert, é.	sam	11	s. Barnabé.
mer	12	s. Arcadius.	sam	12	ste. Eulalie.	sam	12	s. Pol, évêque.	mar	12	s. Jules.	jeu	12	Ascension.	D.	12	s. Basilide.
jeu	13	Bapt. de N. S.	D.	13	Quinquagés.	D.	13	Lœtare.	mer	13	s. Marcellin.	ven	13	s. Servais.	lun	13	s. Antoine de P.
ven	14	s. Hilaire, év.	lun	14	s. Valentin.	lun	14	s. Lubin.	jeu	14	s. Tiburce.	sam	14	s. Boniface.	mar	14	s. Ruffin.
sam	15	s. Maur, abb.	mar	15	s. Faustin.	mar	15	s. Zacharie.	ven	15	s. Paterne.	D.	15	s. Isidore.	mer	15	s. Guy, mart.
D.	16	s. Guillaume.	mer	16	Les Cendres.	mer	16	s. Abraham.	sam	16	s. Fructueux.	lun	16	s. Honoré.	jeu	16	s. Fargeau.
lun	17	s. Antoine, ab.	jeu	17	s. Théodule.	jeu	17	sᵉ. Gertrude.	D.	17	s. Anicet.	mar	17	s. Pascal.	ven	17	s. Avit, abbé.
mar	18	Ch. s. P. à R.	ven	18	s. Siméon, év.	ven	18	s. Alexandre.	lun	18	s. Parfait.	mer	18	s. Félix.	sam	18	ste. Marine.
mer	19	s. Sulpice, é.	sam	19	s. Gabin, m.	sam	19	s. Joseph.	mar	19	s. Iphége.	jeu	19	s. Célestin, p.	D.	19	s. Gerv. s. Pr.
jeu	20	s. Sébastien.	D.	20	Quadragésim	D.	20	La Passion.	mer	20	sᵉ. Hildegond.	ven	20	s. Bernardin.	lun	20	s. Silvère.
ven	21	ste. Agnès, v.	lun	21	s. Pépin.	lun	21	s. Benoît.	jeu	21	s. Anselme.	sam	21	s. Hosp. V. J	mar	21	s. Leufroy, ab.
sam	22	s. Vincent, m.	mar	22	ste. Isabelle.	mar	22	s. Paul, évêq.	ven	22	s. Opportune.	D.	22	PENTECOT	mer	22	s. Paulin, év.
D.	23	s. Ildefonce.	mer	23	s. Damien. 4T.	mer	23	s. Eusèbe, év.	sam	23	s. Georges, m.	lun	23	s. Didier, év.	jeu	23	s. Félix, m.
lun	24	s. Babylas, é.	jeu	24	s. Mathias.	jeu	24	s. Simon, m.	D.	24	ste. Beuve.	mar	24	s. Donatien.	ven	24	s. Jean-Bapt.
mar	25	Conv. s. Paul.	ven	25	s. Taraise, év.	ven	25	Annonciat.	lun	25	s. Marc, abst.	mer	25	ste. Julie, 4T.	sam	25	s. Prosper.
mer	26	ste. Paule, v.	sam	26	s. Alexandre.	sam	26	s. Irénée.	mar	26	s. Clet, pape.	jeu	26	s. Philip. de N.	D.	26	s. Babolein.
jeu	27	s. Julien, év.	D.	27	Reminiscere.	D.	27	Les Rameaux	mer	27	s. Polycarpe.	ven	27	s. Hildevert.	lun	27	s. Ladislas.
ven	28	s. Charlemag.	lun	28	s. Romain.	lun	28	s. Gontrand.	jeu	28	s. Vital, mar.	sam	28	s. Germain.	mar	28	s. Irénée.
sam	29	s. Franç. de S.				mar	29	s. Eustase.	ven	29	s. Robert, ab.	D.	29	La Trinité.	mer	29	ss. Pierre et P.
D.	30	Septuagésime.			Epacte. XVII.	mer	30	s. Rieul, év.	sam	30	s. Eutrope.	lun	30	s. Emile.	jeu	30	Comm. s. P.
lun	31	s. Pierre N.			Let. Dom. B.	jeu	31	sᵉ. Balbine.				mar	31	ste. Pétronille.			

A Paris, chez LOUIS JANET, Libraire, successeur de son père, rue St.-Jacques, nᵒ. 59.

	JUILLET			AOUT			SEPTEMBRE			OCTOBRE			NOVEMBRE			DÉCEMBRE
D. Q. le 2. N. L. le 9. P. Q. le 16. P. L. le 24.			D. Q. le 1. N. L. le 7. P. Q. le 15. P. L. 23. D. Q. 30.			N. L. le 6. P. Q. le 14. P. L. le 21. D. Q. le 28.			N. L. le 5. P. Q. le 14. P. L. 21. D. Q. le 28.			N. L. le 4. P. Q. le 12. P. L. le 19. D. Q. le 26.			N. L. le 4. P. Q. le 12. P. L. le 19 D. Q. le 26.	
ven	1	s. Martial.	lun	1	s. Pierre-ès-l.	jeu	1	s. Leu, s. Gill.	sam	1	s. Remi, év.	mar	1	La Toussaint	jeu	1	s. Eloi, évêq.
sam	2	Visit. de la V.	mar	2	s. Etienne, p.	ven	2	s. Lazare.	D.	2	ss. Anges G.	mer	2	Les Trépassés	ven	2	s. Fulgence.
D.	3	s. Anatole, é.	mer	3	Inv. s. Etienne	sam	3	s. Grégoire, p.	lun	3	s. Cyprien.	jeu	3	s. Marcel, év.	sam	3	s. François, X.
lun	4	Tr. s. Martin.	jeu	4	s. Dominique.	D.	4	ste. Rosalie.	mar	4	s. Franç. d'A.	ven	4	s. Charles B.	D.	4	ste. Barbe.
mar	5	ste. Zoé, mart.	ven	5	s. You, mart.	lun	5	s. Bertin, ab.	mer	5	ste. Aure, v.	sam	5	ste. Bertilde.	lun	5	s. Sabas, abb.
mer	6	s. Tranquill.	sam	6	Trans. de N.S.	mar	6	s. Onésipe, é.	jeu	6	s. Bruno.	D.	6	s. Léonard.	mar	6	s. Nicolas.
jeu	7	ste. Auberge.	D.	7	Suscep. ste. C.	mer	7	s. Cloud, prêt.	ven	7	s. Serge et s.B.	lun	7	s. Willebrod.	mer	7	ste. Fare, v.
ven	8	ste. Elisabeth.	lun	8	s. Justin, m.	jeu	8	Nat. de la V.	sam	8	ste. Pélagie.	mar	8	stes. Reliques	jeu	8	Conception.
sam	9	ste. Victoire.	mar	9	s. Spire.	ven	9	s. Omer, év.	D.	9	s. Denis, déd.	mer	9	s. Mathurin.	ven	9	ste. Gorgonie.
D.	10	ste. Félicité.	mer	10	s. Laurent, m.	sam	10	ste. Pulchérie	lun	10	s. Paulin.	jeu	10	s. Léon Ier, p.	sam	10	ste. Valère.
lun	11	Tr. s. Benoît.	jeu	11	Susc. s^e. Cour	D.	11	s. Patient, év.	mar	11	s. Firmin, év.	ven	11	s. Martin, év.	D.	11	s. Fuscien, m.
mar	12	s. Gualbert.	ven	12	ste. Claire.	lun	12	s. Raphaël.	mer	12	s. Vilfride, év.	sam	12	s. René, év.	lun	12	s. Damaso.
mer	13	s. Turiaf, év.	sam	13	s. Hyppol. V. J	mar	13	s. Maurille.	jeu	13	s. Gérand, c.	D.	13	s. Brice, év.	mar	13	ste. Luce, v.
jeu	14	s. Bonavent.	D.	14	s. Eusèbe.	mer	14	Exalt. s^e. Cr.	ven	14	s. Calisto, p.	lun	14	s. Maclou.	mer	14	s. Nicaise. 4T.
ven	15	s. Henri, em.	lun	15	ASSOMPT.	jeu	15	s. Nicom.	sam	15	ste. Thérèse.	mar	15	s. Eugène, m.	jeu	15	s. Mesmin.
sam	16	s. Eustate, é.	mar	16	s. Roch.	ven	16	ste. Eugénie.	D.	16	s. Gal, abbé.	mer	16	s. Fucher, év.	ven	16	ste. Adélaïde.
D.	17	s. Spérat et Co.	mer	17	s. Mammès.	sam	17	s. Lambert.	lun	17	s. Corbonnet.	jeu	17	s. Agnan, év.	sam	17	s^e. Olympiade
lun	18	s. Clair.	jeu	18	ste. Hélène.	D.	18	s. Jean Chris.	mar	18	s. Luc, évan.	ven	18	ste. Aude, v.	D.	18	s. Gatien.
mar	19	s. Vinc. de P.	ven	19	s. Louis, év.	lun	19	s. Janvier.	mer	19	s. Savinien.	sam	19	ste. Elisabeth.	lun	19	ste. Menris.
mer	20	ste. Marguer.	sam	20	s. Bernard, a.	mar	20	s. Eustache.	jeu	20	s. Sendou, pr.	D.	20	s. Edmond, r.	mar	20	s. Philogone.
jeu	21	s. Victor, m.	D.	21	s. Privat, év.	mer	21	s. Máth. 4 T.	ven	21	ste. Ursule, v.	lun	21	Prés. de la V.	mer	21	s. Thomas, ap.
ven	22	s^e. Madeleine	lun	22	s. Symphorien	jeu	22	s. Maurice.	sam	22	s. Mellon.	mar	22	ste. Cécile.	jeu	22	s. Honorat.
sam	23	s. Apollinaire	mar	23	s. Sidoine, év.	ven	23	ste. Thècle, v.	D.	23	s. Hilarion.	mer	23	s. Clément.	ven	23	s. Yves.
D.	24	ste. Christine.	mer	24	s. Barthélemy	sam	24	s. Andoche.	lun	24	s. Magloire.	jeu	24	ste. Flore, v.	sam	24	s. Delph. V. J.
lun	25	s. Jacq. le m.	jeu	25	s. Louis, roi.	D.	25	s. Cléophas, d.	mar	25	s. Crépin, s. C.	ven	25	ste. Catherine.	D.	25	NOEL.
mar	26	s. Christophe.	ven	26	s. Zéphirin.	lun	26	s^e. Justine, v.	mer	26	s. -Rustique.	sam	26	s^e. Gen. des A.	lun	26	s. Etienne, m.
mer	27	s. Pantaléon.	sam	27	s. Césaire, év.	mar	27	s. Côme, s. D.	jeu	27	s. Frumence.	D.	27	l'Avent.	mar	27	s. Jean, apôt.
jeu	28	ste. Anne.	D.	28	s. Augustin.	mer	28	s. Céran, év.	ven	28	s. Simon, s. Ju.	lun	28	s. Sosthène.	mer	28	ss. Innocens.
ven	29	ste. Marthe.	lun	29	Décol. s. J-B.	jeu	29	s. Michel arc.	sam	29	s. Faron, év.	mar	29	s. Saturnin.	jeu	29	s. Thom. de C.
sam	30	s. Abdon, m.	mar	30	s. Fiacre.	ven	30	s. Jérôme.	D.	30	s. Lucain.	mer	30	s. André.	ven	30	ste. Colombe.
D.	31	s. Germain A.	mer	31	ste. Isabelle.				lun	31	s. Quent. V. J				sam	31	s. Sylvestre.

De l'Imprimerie de DUCESSOIS, quai des Augustins, n° 55

HOMMAGE

A Monsieur le Comte

ALFRED DE MAUSSION,

FONDATEUR ET PRÉSIDENT
DE LA SOCIÉTÉ GÉNÉRALE DE PRÉVOYANCE,

DONT L'OBJET EST L'ÉCONOMIE,
L'EXTENSION ET LE COMPLÉMENT DES TRAITEMENS
DANS LE RÉGIME PHILANTROPIQUE MÉDICAL
DE LA CLASSE INDUSTRIELLE PEU AISÉE
ET DES SOCIÉTÉS DE SECOURS MUTUELS ;

ET QUI, EN ASSURANT
LA SANTÉ ET LE BIEN-ÊTRE DES PARTICULIERS,
CONCOURT AUX VUES
PATRIOTIQUES ET BIENFAISANTES
DU GOUVERNEMENT
BASÉ SUR L'ÉGALITÉ DES DROITS
ET L'INDUSTRIE ACTIVE
DES CITOYENS.

Par J.-B.-M. GENCE,

Membre de la Société générale de Prévoyance.

LA LOI ÉGALE POUR TOUS,

Le Principe et la Raison de la Société.

—

L'ÉGALITÉ DES DROITS , la Raison sociale ,
Par la Charte a fondé l'autorité légale.
Le pacte violé , le droit fait le devoir :
    Alors remonte le Pouvoir
    Jusqu'à sa source principale.
Du droit , dans l'origine , aux nations acquis ,
Lorsqu'il est par le sang sur la force conquis ,
    C'est doublement que la puissance ,
    Appartient à la nation :
Et c'est des Députés la libre élection,
Dont le vœu seul légal donne un Prince à la France.

———

Au Roi des Français LOUIS-PHILIPPE.

Lorsque les Députés , que pour notre salut
    La voix publique réélut,
    Ont , en bravant la violence,
    Hâté du Peuple la défense ,
    Ont vu le Pouvoir menaçant

Contre la Charte se brisant ,
Précipiter sa déchéance ;
Quand le Peuple , indigné de leur commune offense ,
A lavé dans Paris cet affront par son sang ;
Et qu'un grand Citoyen , un Prince vraiment franc ,
Qu'ont dû nommer pour Roi les Élus de la France ,
Et dont même l'Anglais reconnaît la puissance ,
De l'État qui tombait a relevé le rang ;

Devions-nous donc désormais croire
Qu'un choix d'hommes par l'âge et la raison mûris ,
Et par un long malheur à la vertu nourris ;
Qu'une Chambre , fondant à jamais notre histoire ,
Sur nos droits reconquis par la gloire et le temps ,
Fût une Chambre provisoire ?
Avons-nous cru que les Représentans
De la majorité des Citoyens votans ,
Ne pussent , achevant leur œuvre capitale ,
Des droits consolider la base principale ?

C'est aux grandes capacités ,
Comme à la Sagesse royale ,
De rasseoir , de calmer les esprits agités.
Quelqu'éclairés que soient de jeunes Députés ,
Le peu d'expérience et de l'homme et des choses
Fait craindre que le fruit de fleurs sitôt écloses
Ne se ressente trop de l'ardeur des Etés ;

Et que l'excès de la philantropie
Par un amour du beau , purement idéal ,
N'enfante , au lieu d'un plan sage et vraiment normal ,
    Une romantique utopie.

    Que la Chambre des Députés ,
    Qui si bien ouvrit la carrière ,
Soit surtout le foyer où s'épure et s'éclaire
    La Charte de nos Libertés !
Qu'une Chambre nombreuse à son tour dans sa sphère
    En étende les vérités !

Mais pour qu'un même esprit toujours la régénère ,
Que les rangs des Élus par degrés complétés ,
En la renouvelant (1) , soient pleins de ses clartés ;
Que de la Nation la Garde s'organise ,
Par son généreux Chef , dans toutes les cités ;
Et comme avec nos fils doublement fraternise
    Un jeune Prince (2) , un Défenseur royal ,
    Qu'avec la Garde aussi chaque Élu sympathise ,
    Et se rallie au vœu national !
Tel l'exemple du Fils est l'image du Père.
Une Epouse , une Sœur , par leur noble bonté ,

(1) Partiellement chaque année.
(2) Garde national.

Font réfléchir , aimer du Roi l'autorité.
    Sous votre règne tutélaire ,
La Charte , confiée à la civique foi ,
Fera briller des lois le flambeau salutaire :
C'est à vous qu'appartient le glorieux emploi
D'en dispenser , répandre et fixer la lumière.

Paris , du 12 au 15 Septembre 1830.

—

LA PLACE DES INNOCENS ET LA PLACE DU LOUVRE.

Du Despotisme aveugle instrumens homicides,
Des soldats , dans Paris , portaient leurs pas rapides ,
Et leurs chefs confians comptaient mettre aux abois ,
Par quelques coups d'éclat , de timides bourgeois ;
Quand soudain , opposés aux feux de ces brigades , }
    Qui les assaillent de leurs traits ,
Des pavés entassés formant des barricades ,
Comme autant de remparts , arrêtent leurs progrès.
    Du vif amour de la Patrie ,
Elèves , artisans , commerçans , animés ,
Sans ordre mais unis , par leur courage armés ,
Montrent bientôt le front d'une Garde aguerrie.
En trois jours , plus de Suisse et de Gendarmerie.
Le Peuple a tout vaincu : mais de gloire affamés ,

Combien, en succombant, trouvent dans leurs mu-
railles,

Au Champ des *Innocens*, bien digne de ce nom,
Et sous le Louvre enfin, que son sanglant renom
Rend de nouveau fameux, de tristes funérailles !
Ah ! de ces Citoyens, de ces Martyrs guerriers,
La valeur magnanime a-t-elle été stérile ?
Sont-ils morts sans retour, en gagnant des lauriers ?
Non ; en se dévouant pour Paris et leur ville,
Ils n'ont point péri tout entiers.
Arrosé de leur sang, le sol rendu fertile,
Pour ces mille héros en produit des millions,
Qui commandés, guidés, sous la main tutélaire
D'un Roi français élu par le vœu populaire,
Défendront, dans leurs droits, les droits des Nations.

LE BOULET DU LOUVRE.

Quand du Louvre la canonnade
Du Palais des Beaux-Arts a frappé la façade,
Défendu sans canons, notre docte Institut
Du tonnant Vandalisme était-il donc le but ?
Qu'on répare un fronton ; mais qu'on garde un pilastre
Où le boulet porta l'empreinte du désastre !

LA PLACE DE GRÈVE

OU DE L'HOTEL-DE-VILLE.

TOI qui payas, du sang des compagnons d'Arcole,
L'Hôtel pris et repris par Mars et son école ;
Qu'au lieu de l'échafaud dressé pour les forfaits,
  Place immortelle, sur ta Grève,
  Une Pyramide s'élève,
Emblème de l'ardeur qui produit les hauts faits !
Et lorsque dans ton sein pleuvaient, comme la grèle,
Sur le peuple qu'armait son invincible zèle,
Sur ses maisons, ses toits, les balles, le boulet,
Quand d'Arcole le Pont, de ta gloire nouvelle
  Rend le triomphe plus complet ;
La voix publique veut qu'à jamais on t'appelle
  La Place du vingt-huit juillet. (1)

(1) Le Pont d'Arcole est représenté avec vérité dans un Tableau de M. D'Aubigny, Peintre de paysages et de scènes historiques.

LES JOURS QUI N'ÉTAIENT PAS DE ROSE.

A Madame Rose BLOT, de Neuilli.

Paris, 30 août 1830.

QU'IL m'est doux d'être uni, par un nouveau lien,
A celle dont le Prince est devenu le mien,

Lorsque Paris, vainqueur, noblement se repose
De ces jours de combat qui n'étaient pas de rose,
Où la France pour Roi gagne un grand Citoyen !
Vive, sous son auspice, une ROSE bien chère (1),
Qui déjà, dans Neuilli, lui vouait d'heureux fils (2) !
Comme lui, s'entourant de sincères amis,
ROSE a pour tous les siens des entrailles de mère.
Dans un *Emile*, ainsi, *Dimey* (3) chérit un frère :
Son courage d'esprit, ferme et non moins humain,
Au règne d'un bon Prince aplanit le chemin.
Nous n'avons plus qu'un cœur, une famille, un Père ;
Et d'un Peuple rival la secourable main,
Sensible à nos blessés, dans un commun destin
Semble unir pour jamais la France et l'Angleterre.

(1) M. MAUCLERC son père, ami du mien, avait pour moi une tendresse pour ainsi dire paternelle.

(2) M. BOURDON, propriétaire à Neuilli, qui a épousé une dame anglaise. — M. Auguste BLOT, chef de la maison de banque de M. DELESSERT. — M. Émile BLOT, caissier de la maison de banque de M. LÉO.

(3) M. DIMEY, ancien militaire, chevalier de la Légion-d'Honneur, aussi sage que courageux, s'est distingué par son humanité et sa fermeté dans les journées des 27, 28 et 29 juillet.

LES TROIS QUALITÉS.

Dans la réponse du Roi, du 2 novembre 1830, à la
députation de l'arrondissement de Meaux, on a
remarqué ces paroles mémorables : « Je n'aurais
» point accepté la couronne, si j'avais pu cesser, en
« la portant, d'être Citoyen, d'être Patriote et
« d'être Ami de la Liberté. » Elles ont donné
lieu aux vers suivans :

CITOYEN, PATRIOTE, AMI DES LIBERTÉS,
PHILIPPE a, par ces mots, rassuré l'Industrie.
Ils sont, comme la Charte, autant de vérités.
Les Français ont un Chef, des Droits, une Patrie.

    Avec ces trois qualités-là,
    Roi vraiment franc, tu nous expliques
Ce qu'a dit Lafayette en t'embrassant : Voilà
    La meilleure des Républiques !

SUR L'ÈRE NOUVELLE ou L'UNION DES PEUPLES.

A Madame BERTOLACCI.

CHEZ vous, qu'un Ciel plus doux ramenant la santé,
    Pour nous soit bientôt une fête,
Qnand la France renaît, depuis que la conquête
    Des droits fondés sur l'équité,
Laisse enfin respirer l'air de la Liberté !

Puisse de votre Epoux, calmant l'ame inquiète,
Adopté par l'État, l'heureux Plan qu'il projette (1),
Consolider cette libre union
Du Prince avec la Nation !
Et quel appui pour la chose publique
Auprès du grand Roi–Citoyen (2) ,
Que de nos Défenseurs le généreux Doyen (3) ,
Commandant la Garde héroïque,
Qui , se levant, s'arma, combattit et vainquit (4) !
Elle anime vos fils (5) , que la Patrie appelle
Pour soutenir les droits que Paris reconquit.
L'Anglais admire, envie une gloire si belle.
Que l'un et l'autre Peuple, en se donnant la main,
Se joignent pour voter la paix du genre humain ,
Lorsqu'un même Génie , en déployant son aile ,
Semble unir les deux bords par un même destin.
De son fourreau jeté l'arme s'est retrempée :
Minerve nous le rend ; *Mars* y remet l'épée (6).

(1) Projet *d'Assurances générales* sur la vie , adminis-
trées par l'État.

(2) Louis-Philippe, Roi des Français. = (3) Le général
Lafayette.

(4) En trois temps , les 27, 28 et 29 juillet.

(5) MM. Guillaume et Clément Bertolacci.

(6) L'Angleterre et la France , figurées par *Minerve* et
Mars. L'idée ingénieuse du dernier vers est due à
Madame Bertolacci.

LA FONTAINE DE JOUVENCE.

Le 18 août 1826.

COUPLETS

POUR LA FETE D'HÉLÈNE RETABLIE D'UNE CHUTE DANGEREUSE.

Sur l'air : *Dans le cristal d'une onde pure.*

Du coup qui frappa mon HÉLÈNE,
Ah! quelle fut l'impression !
Une constante affection   *bis.*
Rend tout commun , plaisir et peine ,
Après quarante ans d'union.

HEUREUSEMENT pour l'ami GENCE ,
Le docte NAUCHE est l'Apollon
Qu'HÉLÈNE invoqua pour Patron ;   *bis.*
Et la fontaine de Jouvence
Fut pour elle l'eau d'Hélicon.

ELLE renaît à ma tendresse ;
Sa fête est celle des Amis
Qu'un même cœur a réunis :   *bis.*
Et puissent nos femmes sans cesse
Renaître ainsi pour leurs maris !

———

Au docteur Jacques NAUCHE, Médecin,

l'un des fondateurs de la société générale de prévoyance.

Paris, 1er *Mai* 1829.

Ce premier jour du mois de Mai,
Qui joint mes vœux à ceux d'HÉLÈNE,
Est de Vénus le jour aimé,
Patronne de la gent payenne.

C'est celui de votre Patron,
L'Apôtre de la gent chrétienne :
Son esprit, réchauffant ma veine,
Docte NAUCHE, est mon Apollon.

JACQUES du Sauveur fut le frère;
Mais NAUCHE voit dans MAUSSION (1)
Un premier Fondateur, un Père,
De l'Établissement salutaire
Que lui devra la Nation !
De cette Association,
Dont un cœur français et sincère
Aime à partager l'union,
Partout la sage Prévoyance,
Aux maux de l'active indigence

(1) Le Comte Alfred DE MAUSSION.

2..

Tend une secourable main.
Chaque Art trouvera dans son sein,
Par un vrai soin économique,
Son Bienfaiteur, son Médecin :
Le grand Cercle philantropique,
Dans son zèle patriotique,
Doit embrasser le genre humain (1).

(1) Voyez le *Prospectus* de cette Société centrale de secours médicaux, distribués sous la direction de M. NAUCHE,
son premier médecin, et pour lesquels on souscrit chez
M. le Dr PICHON, même domicile, rue du Bouloy, n° 8.

—

LA NAUCHÉE.

AU MÊME.

Paris, 1er Mai 1830.

POUR fêter un Patron dont l'amitié m'enflamme,
Ah ! que j'eusse voulu t'apporter pour bouquet
La fleur qu'envain je cherche autour de mon bosquet,
La sensible NAUCHÉE (1), image de ton ame,
    Et l'emblème du sentiment
    Dont la Nature, en te formant,
    De tes jours a tissu la trame !

(1) Plante consacrée au Docteur NAUCHE.

Quand , non moins humain que savant ,
Ton Livre à l'univers fait connaître et proclame ,
    Dans un Docteur cher à l'enfant (1) ,
Un Esculape ami du salut de la Femme (2) ;

    Hélas ! combien j'aurais aimé
    Que , pour jouir du premier Mai ,
La mienne recouvrant le jour qu'elle réclame ,
Eût enfin , comme moi , pu voir son Bienfaiteur ,
Des yeux tout-à-la-fois de la tête et du cœur !

(1) L'un des plus zélés propagateurs de la vaccine.
(2) Auteur du Traité *des Maladies propres aux Femmes* , Paris, 1829, 2 vol. in-8°.

―――

L'AIR RENDU SALUBRE.

―

AU SAVANT PHARMACIEN A. G. LABARRAQUE ,

MEMBRE DE L'ACADEMIE ROYALE DE MEDECINE, DU
CONSEIL DE SALUBRITÉ, ETC.

VRAI scrutateur de la nature ,
Quels services tu rends à notre nation ,
    LABARRAQUE , par ton Chlorure (1) ,
Qui préserve et guérit de la contagion !

Combien est grande encor ta bienfaisance ,

(1) Le chlorure d'oxide de sodium.

En donnant *gratis* à l'Etat
De ton secret la connaissance,
Sans que l'Etat t'en récompense !
Eh ! comment peut-on être ingrat ,
Quand l'Europe , comme la France,
Et quand le plus lointain climat ,
Te doit tant de reconnaissance (1) ,

AMI , console toi : vois la Salubrité
Qui rend , par tes conseils , à l'air sa pureté,
    Te valoir le libre suffrage
Dont plus d'un corps savant t'honore et t'encourage.

    Sous le règne de l'Equité
Qui fait luire sur nous une nouvelle aurore ,
  Tu jouiras , toi , ta postérité ,
  De tout le prix si dûment mérité ,
    Qu'eût décerné dans Epidaure
A d'immortels bienfaits la docte Antiquité.

(1) La Croix de la Légion-d'Honneur a été donnée enfin
à notre digne Pharmacien.

L'HOMME INTÈGRE.

A M^r. et à Madame BERTOLACCI.

—

IMITATION DE L'ODE D'HORACE,

Lib. I , Od. 22 , *ad* ARISTIUM (1).

Integer vitæ, scelerisque purus,
Non eget Mauri jaculis neque arcu, etc.

HORACE.

L'homme intègre , de qui les jours
Sont innocens et purs de la tache du crime ,
    Cher ARISTE , n'a point recours
A l'arc du Maure , aux traits que la crainte envenime (2).

    Il ose franchir les déserts
De l'ardente Libye , et braver du Caucase
    Les peuples sauvages et fiers (3).
Il habite en paix l'Inde et les rives du Phase (4).

(1) Du mot grec A'ρισεὺς ; en latin *Fortissimus.*
(2) *Venenatis sagittis.* Horat. Lib. I , Od. 22.
(3) *Inhospitalem Caucasum.* Ibid.
(4) *Vel quæ loca fabulosus lambit Hydaspes.* Ibid.
A la place de ce fleuve merveilleux de l'Inde , on a
supposé le Phase de l'ancienne Taprobane , ou de Ceylan,
où a résidé notre ami , en qualité de contrôleur-général
civil.

ARISTE.

A ma vue, un Loup affamé
Qui rôdait dans les bois autour de mon domaine,
S'enfuit (1) : je n'étais point armé ;
Libre de soins, j'errais en chantant mon Hélène (2).

Par des Colombes abrité
Sous le feuillage épais (3), grâce aux Dieux tutélaires,
Auprès d'Hélène en sûreté
Je dormais, défendu de la dent des Vipères (4).

HORACE.

Qu'on me transporte en des climats
Où les tièdes Zéphirs (5) jamais de l'atmosphère
N'ont dissipé les noirs frimas ;
Toujours, à son amie, Hélène sera chère.

(1) *Me fugit inermem.* Lib. I, Od. 22.

(2) *Dum meam canto Lalagen.* Ibid.
On a substitué à ce nom celui d'Hélène, commun à
l'épouse de mon ami et à la mienne.

(3) *Me fronde Palumbes texere.* Lib. III, Od. 4.

(4) *Ut tuto ab atris corpore Viperis*
    Dormirem.... non sine Dis. Ibid.

(5) *Æstiva aura.* Lib. I, Od. 22.

ARISTE.

Partout, sur un sol tempéré,
Comme sous le Soleil (1), dans la zône brûlante,
D'Hélène toujours j'aimerai
Le sourire si doux et la voix si touchante ! (2)

(1) *Sub curru solis.* Lib. I, Od. 22.
(2) *Dulce ridentem Lalagen amabo,*
    Dulce loquentem. Lib. I, Od. 22.

Des Champs-Élysées de Paris, le 18 Août 1829.

—

LA ROSE DE NEUILLI,
OU LA BONNE ACTION.

Paris, 4 septembre 1829.

Rose qui fais l'ornement de Neuilli,
Rose, l'honneur des rives de la Seine,
    Dont la grâce n'a point vieilli ;
Sois de nos cœurs aimans toujours la souveraine !
Lorsque règnent chez toi la bonté, la raison,
    Des vertus le plus beau fleuron,
    Quelle fête égale la tienne !
Quelle Rosière de Surène

Peut surpasser celle dont la maison ,
   D'un grand Prince affectionnée ,
Voit couronner la Rose , chaque année ,
Des paternelles mains du céleste Patron (1)
   Dont elle fut l'enfant bien née !
Car elle n'a jamais oublié la leçon ,
Qu'elle a transmise à plus d'un nourrisson ,
   De ne point passer la journée
   Sans faire une bonne action.
Qui mieux eût mérité , pour être couronnée ,
Tous les prix de vertu fondés par Monthyon ?

(1) Feu M. Mauclerc, d'Amiens, mon vénérable ami , en 1780.

———

A Monsieur et à Madame LÉO.

SOUVENIRS.

QUAND la fête de Rose , au gracieux souris ,
Me rappelle un Emile , et sa sensible Mère ,
D'un Père , mon Ami , généreuse héritière ;
Quel souvenir encor , pour moi du plus doux prix ,
Que celui de LÉO (1), dont la tendre SOPHIE ,
D'une Muse , sa Sœur (2) , l'inséparable amie ,
A choisi pour Epoux le digne nourrisson
Des Fils du vénérable et du grand Mendelsohn !

(1) Banquier, successeur à Paris de MM. Mendelsohn , banquiers à Berlin.
(2) Madame Valentin.

Dans le sage *Phœdon* (1), d'une immortelle vie
Vous avez dû puiser les meilleures raisons.
Des Germaines vertus l'aimable économie
Vaut bien l'enseignement de notre Académie ;
Et c'est moi qui prendrais, de vous deux, des leçons.

(1) *Phœdon*, sur l'Immortalité de l'ame, *Berlin* et *Paris*, 1774.

—

COUPLETS

De J.-B. BRION (1),

Chantés par une mère allaitant son fils

(Mme la Baronne Hue).

C'est un enfant,
L'objet si cher à ma tendresse ;
C'est un enfant ;
Mais en est-il un plus charmant ?
Vous qui riez de ma faiblesse,
Songez que le Dieu qui nous blesse
Est un Enfant.

(1) Agé aujourd'hui de 97 ans ; Oncle du célèbre Hue dont le baron André Hue est le Fils.

De cet Enfant
Reconnaissez la gentillesse ,
De cet Enfant
Voyez les traits en mon fanfan.
Même grâce , même finesse ;
Oui , c'est la mine enchanteresse
De cet Enfant.

Comme l'Amour ,
Il me tracasse , il me lutine.
Comme l'Amour ,
Lui seul m'occupe nuit et jour.
Il me charme , lorsqu'il badine ;
Me plaît , si même il me chagrine ,
Comme l'Amour.

Contre mon sein ,
En l'allaitant , quand je le presse ;
Contre mon sein
S'il fait jouer sa faible main ,
Mon cœur palpite d'allégresse.
Ah ! cher ami , pose sans cesse
Contre mon sein !

Par un baiser
Viens éveiller ta tendre mère.

  Par un baiser
Sois-moi le soleil au lever ;
Le soir , quand s'éteint sa lumière ,
Viens encor fermer ma paupière
  Par un baiser.

LE JARDIN DE FLORE.

IMITATION DE L'ODE D'HORACE,

Æquam memento rebus in arduis
Servare mentem , etc.

Adressée à P.-F.-J. GOSSELLIN , à Montmorency, en 1828.
(*Voy. ci-après l'Inscription à sa mémoire.*)

Conservons dans les maux que le Ciel nous envoie ,
  De l'ame la tranquillité ;
Et goûtons , docte Ami , dans la prospérité
  Une égale et paisible joie.

  Songe où vont aboutir nos vœux ;
Soit qu'à des jours sereins se mêle la tristesse ,
  Soit qu'en égayant la sagesse
Sur le gazon fleuri tu reposes heureux.

Un Tilleul qui couronne un bosquet solitaire ,
  Asyle à Flore consacré ,

Etend ses rameaux à ton gré ,
Comme pour te prêter leur ombre hospitalière.

Sous son abri plein de fraîcheur
Qu'envie un fier Noyer qui domine la plaine ,
Tu vois de loin l'onde incertaine
Et serpenter , et fuir ton jardin enchanteur.

Fais apporter des fruits , des parfums et des roses ;
Et , pour ne pas perdre un beau jour ,
Tressons vîte en festons ces fleurs exprès écloses
Pour la Flore de ce séjour.
Profitons du moment : bientôt l'hiver de l'âge
Va nous ravir tant de bienfaits ;
Et le Destin cruel vers le fatal rivage ,
Nous entraîne , Ami , pour jamais.

Quel exil toutefois dans la nuit éternelle
Peut nous dérober l'avenir ,
Quand du Monde ancien ta mesure immortelle
Fait revivre un grand souvenir (1) !

(1) La ligne dite *Diaphragme* , reproduite d'après les anciens , et divisant la longueur entière de la Méditerranée et de l'Asie (*Recherches sur la Géographie des anciens* , tome IV, page 326 et suivantes).

LA FONTAINE DE BLANDUSE.

—

IMITATION DE L'ODE D'HORACE ,

O Fons Blandusiæ splendidior vitro , etc.

A M.ʳ ET A M.ᵐᵉ BARON , DE PRINGY.

Fontaine aimable de Blanduse ,
Qui brilles d'un éclat plus pur que le cristal ,
Quel ruisseau dans Tibur , de ta source rival ,
Porte un nom plus illustre , et plus cher à ta muse ?

Que la Nymphe , au front virginal (1) ,
Qui nous dispense une eau si salubre , si vive ,
Reçoive , non un bouc , un lascif animal ,
Mais le don d'un agneau bondissant sur ta rive !

Offrons lui le parfum des fleurs
Que son urne fait croître au plus riant parterre ,
Et les coupes d'un vin que son onde tempère ,
Bien digne de jouir des plus douces saveurs.

De la Canicule impuissante
L'ardeur ne t'atteint point sous ce feuillage épais.

(1) Allusion à la fontaine dite de la *Vierge*, à Pringy ,
renommée pour la pureté de ses eaux.

3..

Tu fournis aux troupeaux une source abondante,
Aux bœufs lassés du joug le repos et le frais.

Sois la plus noble des fontaines
Quand ma Muse a chanté ces chènes, ces ormeaux,
Qui s'élèvent du sein des roches souterraines
D'où l'on entend jaillir et murmurer tes eaux.

———

LE NOUVEAU TIBUR, AUX MÊMES.

SONGE.

Vivère Naturæ si convenienter oportet...
Novistine locum potiorem rure beato ?

HORAT., lib. I, Epist. X, v. 12, 14.

TRANSPORTÉ ce matin sur la double Colline,
A peine ai-je bu l'eau d'une source divine,
Qu'à mes yeux enchantés s'élève un Pavillon (1),
Bordé de pampres verts qu'entoure l'horizon,
D'où la Ville, en fuyant, et se perd et s'oublie.
J'entre ; je vois des champs, des bois, une prairie,
Que couronne d'un Parc la riante maison.

(1) Ce Pavillon est placé au-dessus de la montée de Pon-
thierry, au coin de la grande route de Paris à Fontai-
nebleau.

De grands massifs , coupés de longues avenues ,
Sur des côteaux lointains font découvrir des vues.
Au-devant, un parterre orne un riche gazon ,
Où des eaux en cascade , en nappe , en jet formées ,
Montrent , de toutes parts , des scènes animées.

Le jour croît : un îlot m'offre un champêtre abri ,
Que l'orme et le platane ombragent à l'envi.
Je me sens attirer au bord d'une Fontaine ;
Quelle vive fraîcheur y répand dans ma veine
Une *Eau Vierge* (1) qu'envain veut flétrir le Midi !
Sa Nymphe a ranimé mon esprit engourdi.
J'emprunte des accens à la Lyre latine (2) ;
Et ma Muse inspirée , en l'écoutant , s'incline
Devant le Chantre heureux du rustique verger
Qui n'a point dédaigné le simple potager.
Je me crois à Tibur. Sur ses pas je chemine
A travers des guérêts , où l'Art sait ménager
L'agréable et le bon , qu'on voit se partager.
Par une sombre allée , asyle du mystère ,

(1) Fontaine dite *de la Vierge*, célèbre dans le can-
ton pour la salubrité de ses eaux, et qui fait partie du
domaine où existait un ancien Prieuré.

(2) Allusion à la traduction libre de l'Ode d'Horace
sur *la Vie champêtre*, et à l'Ode imitée de celle sur la
Fontaine de Blanduse, que rappelle la source dite *de
la Vierge*.

Des sentiers tortueux mènent à la Chaumière (1),
Où l'homme, avec lui-même, au monde est étranger.

La Providence ici réfléchit son ouvrage.
Ton noble Ecrit, D'Eldir, publié par un Sage,
En nous traçant de l'homme un fidèle dessin,
Charme, et fait méditer l'ame sur son destin (2).
Mais de là remontant à sa haute origine,
Notre esprit, que du Ciel la Sagesse illumine,
Aperçoit et connaît son Principe et sa fin ;
Et la Raison vers Dieu m'élève avec Cousin (3).
Par des accords divers où l'unité domine,
La Nature, à son tour, en ce vaste Jardin,
Dans ce château modeste et d'un temple voisin,
A l'homme se rapporte, à Dieu seul se termine.

Cette harmonie est-elle un rève, un songe vain ?
D'un Saule les rameaux qui pendent en ruine (4),
M'attristent : mais bientôt l'eau jaillit d'un bassin ;
Sur un esquif léger on folâtre en son sein.

(1) Retraite solitaire et rustique, située près de l'angle opposé au Pavillon.

(2) *Méditations en prose* d'une dame Indienne (Alina D'Eldir), publiées par M. le Marquis de Fortia. *V*. ci-après.

(3) Victor Cousin, professeur du Cours d'histoire de la Philosophie rationnelle à la Sorbonne.

(4) Les branches d'un grand Saule, tombant de vétusté.

erre, silencieux, sous des arbres en voûte,
Dont l'arc laisse de loin percer un ciel serein.
De détours en détours, je m'égare en ma route :
Je me retrouve au haut d'une aimable Redoute (1).
Là, sans crainte planant sur de riches moissons,
Notre ame au Créateur rend grâce de ses dons.
Je descends ; je poursuis ma douce rêverie.
Au bruit d'uue onde enfin qui gémit sous un pont,
Au tic-tac d'un moulin, je m'éveille, et m'écrie :
Que vois-je ?.... Ah ! de ce banc, s'offre au loin le
vallon

Où l'Ecolle (2), en courant, fuit un Mont qui l'envie.
Je reconnais Pringy, dont chaque aspect nouveau,
Par son vif intérêt, sa touchante harmonie,

(1) Abri élevé, dominant le vallon, et défendu par
des haies, placé au sommet de l'espéce de triangle dont
la ligne du Pavillon et de la Chaumiére forme une des
bases.

(2) *Le Vallon de l'Écolle*, où est la maison de cam-
pagne, à Pringy, de M. Baron, ancien Conseiller au
Châtelet. — L'Écolle, petite rivière très-rapide qui fait
mouvoir beaucoup d'usines, prend sa source à Courance,
dans le département de Seine-et-Oise, côtoye le parc de
Montgermont, traverse le domaine de M. Baron, et se
jette dans la Seine en face de Sainte-Assise, après un cours
de quatre lieues. — L'Église de Pringy, dont ce domaine
est voisin, a pour digne pasteur M. O'Donnel, d'une ancienne famille d'Irlande.

Peint la bonté, l'esprit, des Maîtres du château.
Deux rangs de peupliers, sur sa pente fleurie,
Et le marronier le plus grand, le plus beau,
Le défendent du Sud et des vents en furie :
Une Serre y conserve à l'arbuste la vie.
Mais, quel abri sacré, protégeant ce tombeau,
Couvre de verts cyprès l'Ombre tendre et chérie
Qui, sur ces bords riants, semble de son berceau
Nous dire : *Et moi j'étais aussi dans l'Arcadie* (1) !

Ex Tibure Pringiaco, die 12 Julii 1828.

(1) Allusion au célèbre paysage de *l'Arcadie* du Poussin, où est peint un tombeau avec cette inscription : *Et in Arcadia ego*; ce que rappelle un monument en forme de rotonde, renfermant les cendres d'un enfant, enlevé, dès l'âge le plus tendre, à la famille de M.r et de Mme Baron. — Ces cendres depuis ont été réunies à celles de feu M. de Vrignel, maire d'Avrainville, leur gendre.

ÉPITRE A L'AMITIÉ,

PAR M. BARON,

EN RÉPONSE AUX VERS PRÉCÉDENS.

Nil ego contulerim jucundo sanus amico.
HORAT., lib. I, Serm. V, v. 44.

DEUX sentimens rivaux émbellissent la vie,
L'Amour et l'Amitié, que notre idolâtrie

Honora sous des noms et des cultes divers.
Comment oser encor les chanter dans nos vers,
Qand pour eux a brûlé l'encens de tous les âges?
Trop souvent confondus par de communs hommages,
C'est en les distinguant, que j'ose avec candeur,
Du plus doux sentiment que votre ame partage,
Tracer du moins, cher G.★★★, une naïve image.

Sous l'appât mensonger d'une fidèle ardeur,
L'un, souple, insinuant, mais fort dès sa naissance,
Se glisse dans un cœur faible et sans défiance,
S'établit, et bientôt le domine en vainqueur.
Il étend son pouvoir sur tout ce qui respire.
Seuls nous avons le droit d'ennoblir son empire.

De ces hôtes nombreux nous voyons les essaims,
Ou libres ou captifs, qui peuplent nos jardins,
Au déclin du soleil, au lever de l'aurore,
Se chercher, rechercher, se rechercher encore;
La même heure voit naître et finir leurs amours.
Des charmes du passé gardent-ils la mémoire ?
Nous, dans nos souvenirs, nous mettons notre gloire;
Et nous formons des nœuds pour nous aimer toujours.

Ah! par de vains desirs trompant sa destinée,
Malheur à l'insensé qui, sourd à la raison,
D'exemples trop fréquents méprisant la leçon,
Boit de la volupté la coupe empoisonnée!...

Le sage s'en préserve, et, par d'heureux efforts,
Vers un bien plus réel dirige ses transports.

Mais l'autre sentiment, simple, éclairé, sincère,
La discrète Amitié, c'est lui que je préfère.
Nourri par la vertu, son feu constant, serein,
Elève l'ame, épure, agrandit la pensée :
C'est un baume, un parfum, une fraîche rosée ;
Uu rayon que Dieu même émane de son sein.

Plus calme, son pouvoir n'en est que plus durable.
Quels soins égalent ceux d'un ami véritable ?
Sur nos moindres besoins il a les yeux ouverts.
Il vit du bien qu'il fait, du bien qu'il voudrait faire.
Il reprend nos défauts, sans crainte de déplaire ;
Partage également nos succès, nos revers.

Le bonheur d'un Ami nous rend les jours plus chers.
Quand l'homme en sait jouir, cette noble étincelle
Qui fait tendre vers Dieu nos sentimens divers,
Démontre à notre esprit que l'ame est immortelle !

LE DÉPART DE PRINGY.

REGRETS.

A M^r et à Mme BARON.

CHERS et vrais créateurs de cet Eden champêtre,
Qui , rendant aux amis la santé , la vigueur ,
Avec la paix de l'ame et le charme du cœur,
Fait chérir doublement et la Dame et le Maître !
Quand Pringy par degré semble avec vous renaître ,
Et devoir à vos soins un excellent Pasteur ;
Lorsque vous jouissez d'un domaine enchanteur ,
Le prix de vos travaux , de vos bienfaits le gage ;
Lorsqu'enfin il n'est point de bonheur sans nuage ,
Ah ! puis-je-croire un bruit qui trompe nos desirs ?
Eh quoi ! laisseriez-vous l'œuvre de vos loisirs ?
Quel bien pourrait jamais compenser l'avantage
D'un sentiment acquis par les ans et l'usage ?
Abandonneriez-vous vos bienfaisans plaisirs ,
Ces salutaires Eaux que votre main propage ,
L'Abri dont vous couvrez nos fronts contre l'orage,
D'un Pavillon par vous l'horizon assuré ,
Ce bois mystérieux aux pensers consacré ;
Entre de jeunes Plants ce Sentier, votre ouvrage,

Qui mène doucement au banc du bon Curé,
D'où, par un soir d'été, reposant sous l'ombrage,
On découvre de loin le modeste Château,
Séjour hospitalier, assez grand, assez beau
Pour qu'un couple honorable, actif autant que sage,
Coule un temps sans ennuis, et qui toujours nouveau
Malgré vingt-cinq hivers, n'ait point vieilli par l'âge !..
Osé-je ainsi parler, charmé par le tableau
Du bonheur qu'avec nous votre amitié partage?
A vos plus tristes temps, se mêlent d'heureux jours.
Ailleurs sont vos regrets ; mais là sont vos amours.
Partout, des lieux qu'on aime, on emporte l'image.
Hélas ! il va nous fuir ce fortuné rivage.
Au lieu de la Redoute où, sur la roche assis,
Hier je contemplais une moisson féconde ;
Demain, au sein poudreux d'une étroite Rotonde,
Je reprends le chemin des vents et des soucis.

Ex beata Sede Pringiaca, 14 *junii* 1830.

ÉLOGE DE LA VIE CHAMPÊTRE.

TRADUCTION LIBRE DE L'ODE D'HORACE,

Ode II, liv. V,

Beatus ille qui procul negotiis, etc.

HEUREUX qui peut, loin des affaires,
Sous un ciel paisible et serein,

Libre de tous soins mercenaires ,
Cultiver le champ de ses pères ;
Et , comme eux , guidant de sa main
Ses propres bœufs (1), offrir l'image
De la simplicité de l'âge
Qui vit naître le genre humain !

Là , le son guerrier des trompettes
Ne vient point alarmer les sens (2) ;
L'homme ne craint point les tempêtes
Dont la mer menace les têtes
Des ambitieux commerçans ;
De Thémis les faveurs iniques ,
De Plutus les pompeux portiques ,
N'attirent point l'or , ni l'encens.

MAIS c'est une vigne nubile (3)
Qu'il marie à l'ormeau des monts ;

(1) *Paterna rura bobus exercet suis.* Le poète semble ici faire allusion à l'ancien Romain qui , selon Columelle, *à dictatura ad juvencos et jugera avita rediit.*

(2) *Classico truci miles (factus).* La trompette appelait non le laboureur , mais le soldat enrôlé.

(3) *Adulta propagine... maritat populos.* On trouve ailleurs, Od. XV , liv. II , *Platanus cœlebs.* La vigne s'unit à l'ormeau comme au peuplier : Virg. Georg. I , *Ulmis adjungere vites.*

Mais , retranchant un bois stérile ,
Il insère , en un plant docile ,
Des jets plus heureux , plus féconds.
Il voit au loin , de son domaine ,
Ses troupeaux errant dans la plaine ,
Et faisant mugir les vallons.

Des rayons le miel qu'il exprime ,
Coule pur dans de clairs vaisseaux (1).
Une dépouille légitime
Dissipe un mal qui s'envenime
Sous la toison de ses agneaux (2).
Enfin s'offre à ses yeux l'Automne :
Ses vergers lui montrent Pomone ,
Ceinte des plus riches rameaux.

Ah ! comme il recueille avec joie
Les doux fruits qu'ont greffés ses mains (3),
Et les dons que Bacchus envoie !
Quelle est la pourpre qui déploie
Un plus beau lustre que ces grains ?
Comment paîra-t-il vos services,

(1) *Puris amphoris.*
(2) *Tondet infirmas oves*.
(3) *Insitiva pyra*. Le fruit est mis pour l'arbre.

O Dieux vigilans et propices ,
Toi , grand Priape , et vous Sylvains (1) !

Sous un vieux chêne où l'ombre abonde,
Je le vois gaîment se coucher.
Alors , le bruit lointain d'une onde
Qui roule en sa rive profonde ,
Le chant des oiseaux d'un verger ,
Et d'une source le murmure ,
Sur un lit d'épaisse verdure
Appellent le sommeil léger.

Mais quand la bise qui menace
De ramener les froids piquans ,
Des guérêts vient blanchir la face ,
Et souffle par degrés la glace ;
Il détache ses chiens ardens :
C'est un chasseur qui poursuit , presse ,
Et précipite aux rets qu'il dresse (2)
Un sanglier grinçant les dents.

Ou , sous l'amorce qui la guide ,
Un subtil réseau suspendu

(1) *Sylvane*. On a cru pouvoir mettre le pluriel, à cause
des dieux Sylvains , dont Pan , ou Faune , faisait partie.

(2) *Trudit acres apros in plagas (retia)*.

Trompe et surprend la grive avide (1).
Le lièvre imbécille et timide
Court se prendre au piége tendu.
La grue y demeure au passage (2).
L'homme saisit, remporte un gage,
Un prix à ses peines bien dû.

Qui, coulant ces jours sans nuage,
Envie aux Cités (3) leurs soucis ?
Qu'en son toit, une épouse sage,
Veillant aux besoins du ménage,
Soigne ses nourrissons chéris ;
Telles, la Sabine ancienne,
Ou l'agissante Appulienne,
Secondaient leurs dignes maris (4).

Par son zèle, au foyer champêtre,
Lorsqu'un feu vif a ranimé
L'époux transi qu'on voit paraître ;
Du fruit de la chasse du maître,

(1) *Turdis edacibus.*

(2) *Advenam gruem.* Voyez Nonnius *de re cibaria* ; et Cornel. Nepos, fragm. X.

(3) *Malarum quas amor (Cupido) curas habet.* Cela se trouve compris sous le mot Cités. — *Soucis* est pour *soins turbulens.*

(4) On a remplacé le *perusta solibus* par une idée qui exprime le *juvans in partem domum.*

D'un lait récemment exprimé
Qu'en son parc le troupeau lui donne,
D'un vin doux tiré de la tonne,
Un repas sans frais s'est formé.

Il vaudra bien ces coquillages
Que le goût pêche au lac Lucrin.
Les poissons rares (1) qu'en nos plages
Entraînent les fougueux orages,
Peuvent-ils mieux flatter la faim ?
Un oiseau des sables d'Afrique,
Un faisan (2) du bord Ionique,
Vient irriter mes sens en vain.

Combien à ces mets je préfère
Le fruit sur l'Olive (3) choisi,
La mauve au corps si salutaire (4),

(1) *Rhombus aut scari ;* poissons peu connus aujourd'hui. Le *Rhombus*, que nous nommons turbot, du latin *turbo*, était un poisson plat (*planus.*) suivant Columelle.

(2) L'*Attagen Ionicus* était un oiseau du Phase. Voy. Lett. de S. Jér. *ad Salvinam.*

(3) On a poétiquement mis l'*Olive* pour l'*Olivier*, comme on dit une branche, un rameau d'Olive.

(4) La mauve se mangeait comme le fruit de l'Olive. Horace dit, Ode XXXI, liv. I : *Me pascunt olivæ... levesque malvæ.*

Et la parelle (1), non moins chère,
Qui se plaît en un pré fleuri !
Mais pour les fêtes du Dieu Terme ,
Un agneau qui naît dans ma ferme ,
Un chevreuil qu'au loup j'ai ravi !

Puis, voir mes brebis engraissées
Accourir au gîte connu ;
Voir des bœufs les têtes lassées,
Rentrer languissamment baissées,
Et traînant leur soc rabattu ;
Voir briller la vive allégresse
D'un essaim d'hommes (2) , ma richesse ,
Autour des Lares répandu ;

Quelle douceur touchante et pure !
Alphius dit ; et , grâce aux Dieux ,
Il a repris, pour la culture ,
Les fonds que prêtait son usure ;
Il allait devenir heureux (3) :
Voici qu'aux Calendes perfides,

(1) *Herba lapathi* : peut-être , l'oseille des prés.

(2) *Ditis examen domûs*. Ailleurs , Ode XXXV, liv. I, *juvenum examen*.

(3) *Jamjam futurus rusticus*. On a remplacé *rustique* par *heureux*, qui rappelle le premier mot de l'Ode.

Il retourne, oubliant les Ides (1),
Replacer son or et ses vœux.

(2) *Omnem relegit* ou *redegit* (*recollegit*) *pecuniam*.
Voyez là *Nova Horatii Editio recensita*, Treuttel et
Würtz, 1828.

—

A Madame ALINA D'ELDIR ;

PAR M. LE MARQUIS DE FORTIA,

Éditeur *des Méditations en prose de cette Dame Indienne*.

C'EST de l'Inde autrefois que nous vint la Sagesse :
Nos fables, nos échecs, nos chiffres y sont nés.
L'eau limpide du Gange a fait croître sans cesse
Des parfums bienfaisans sur ses bords fortunés.
Noble D'ELDIR, c'est là que tu reçus la vie ;
C'est là que de tes jours le fil est suspendu.
Tes sublimes vertus indiquent ta patrie.
La Providence est juste, et le bonheur t'est dû.

—

EXTRAIT DES VERS ADRESSÉS A LA MÊME ;

PAR M. A. PAESSCHIERS DE BISSON,

PROFESSEUR DE L'UNIVERSITÉ.

D'Eldir, fille des rois, noble enfant de l'Asie,
Espoir de l'Indostan, rejeton de Timour,

De quels rayons sereins, de quels regards d'amour,
Le Ciel environnait l'aurore de ta vie !....
De lâches ravisseurs, fendant les flots amers,
Loin de tes beaux climats, t'emportant sur les mers,
Instrumens du Destin, laissent abandonnée
Sur des bords inconnus, la fille infortunée.....
Une royale main, t'arrachant au trépas,
Vers un astre plus doux veut diriger tes pas.....
De la jeune D'Eldir l'aimable bienfaisance
Soutiendra l'opprimé, secourra l'indigence.....
Tant de bonheur est-il donc fait pour la vertu ?
Par de nouveaux malheurs son front est abattu.
Pour d'Eldir désormais n'est-il plus d'espérance ?
Hélas ! un Cheik indien vient la chercher en France,
Il veut la ramener..... Elle ne peut partir :
La foi qu'elle a jurée, enchaîne ici d'Eldir.
C'est au père à lever l'obstacle qui l'arrête.
Dans le calme des nuits, l'ame triste, inquiète,
Lui montre au loin une Ombre : elle appelle Timour;
Elle espère, attend, craint : tout disparaît au jour.
Dieu ! celle qui gémit, qui t'implore et révère,
Dont le génie inspire et sert l'humanité,
Quand pourra-t-elle enfin déployer sa bonté
Dans les lieux où le Ciel lui montre un heureux père !

—

LES QUATRE TEMPS DE LA VIE,

IMITÉS D'APRÈS DES VERS DU MÊME AUTEUR.

L'AURORE de vos jours s'est couvert de nuages.
Un matin triste et sombre a produit le malheur.
Le midi, plus serein, dissipe les orages :
Que le soir radieux vous porte le bonheur !

—

LE NOUVEAU PHENIX.

A LA MÊME.

D'UN Sexe bienfaisant le Phénix et l'honneur,
En soulageant nos maux, vous oubliez les vôtres.
Vous consumez votre propre bonheur,
Quand vous renaissez pour les autres.

—

L'ASPIRATION DE LA PENSÉE,

PAR M.ʳ ED. ALL. (1)

TON corps n'est pas le seul que ton pouvoir conduit.
J'ai senti sur le mien descendre ton Esprit ;
La vertu de ton cœur dans l'air semble passée.
Je respire ton ame, et je bois ta pensée.

(1) Voyez *la Verité du Magnétisme prouvée par les faits*, page 44.

—

LA NOUVELLE ÈRE ,

Pour Mademoiselle AGLAÉ DESPEUX.

24 décembre 1830.

Sur l'air : *O filii et filiæ*.

En dépit de la Faculté ,
Nature , mère de santé ,
A mis deux fois l'Art à *quia*.
    Vive *Aglaïa !*
    Alléluia , Alleluia.

En Avril son teint a rougi.
Une nouvelle Ère a surgi.
A Pâque , la grâce croîtra.
    Vive *Aglaïa* , etc.

Despeux (1) rajeunit mon portrait.
D'Aglaé moins jeune est le trait :
    Plus tard elle ressemblera.
    Vive *Aglaïa* etc.

(1) Auteur d'une lithographie du portrait fait par
M. Bourgeois

Le vif Béchu (1), le gai Paris (2),
Sont ses amis des plus chéris.
Mais quel sera le beau-papa ?
    Vive *Aglaïa* ! etc.

Si le Ciel règle son destin ,
Elle aimera dans son prochain
La Vertu qui fructifira.
    Vive *Aglaïa* !
    Alleluia , Alleluia.

(1) Chansonnier du Caveau, l'auteur, entr'autres , des couplets sur la Paix et les Arts , dont un sur l'exil de David finit par ces vers :
    Des arts le Monde est la patrie,
    Et ses bornes sont dans les Cieux.

(2) Auteur de poésies d'une expression animée et naturelle.

LA PÊCHE.

Digne des auspices d'un Sage ,
L'écrit d'Eldir , bien médité ,
Comprend , sous une simple image ,
Plus d'une grande vérité.
Combien me plaît cette sentence :
L'AME DU FRUIT EST SA SEMENCE (1) !

(1) *Méditations* d'Eldir, p. 87 , sur l'*Immortalité de l'Ame.*

De la Pêche le velouté ,
Du corps peint la frèle beauté.
Mais du noyau la renaissance ,
Emblême de l'humanité ,
Est le germe de l'existence
Qui promet l'immortalité.

QU'EST-CE QUE LA VÉRITÉ ?

A Madame D'EL***.

Par M. le Comte de LUSSAN-DESPARBÈS.

POUR le mortel qu'elle dirige,
La Vérité, c'est une fleur
Qui toujours sur la même tige
Conserve la même fraîcheur.

Sous l'emblême d'une immortelle
On peut encor l'apercevoir.
Elle est aussi simple que belle,
Et sa candeur fait son pouvoir.

On la conçoit comme une rose
Que le Zéphir ne peut flétrir.
Elle est la violette éclose
Que chaque saison voit fleurir.

Elle est, puisqu'il faut vous le dire,
L'objet et l'auteur de ces vers.
Elle est celle que je desire
C'est la Déité que je sers.

———

LA PERLE.

Des *Méditations* (1) qui n'aimerait l'Auteur,
Ses grâces, son esprit, et sa noble candeur ?
C'est la Perle de l'Inde, aux honneurs arrachée,
Dans le sein de Paris, aux vains mortels cachée (2).
En son modeste asyle où brille la vertu,
On dirait qu'un Génie est du Ciel descendu.
Sa vue est un bienfait ; en jouir, c'est renaître.
Heureux qui l'apprécie, et qui l'a su connaître !

(1) Méditations, par une Dame Indienne, Paris, 1828,
in-8.
(2) *Ipsa est pretiosa Margarita multis abscondita.*
Gers. Imit. III, 32. — Médit. 37, sur la Modestie.

Paris, 16 septembre 1830.

———

L'EMBLÊME DE LA VIE.

Un papillon brillant, sous un ciel azuré,
Se nourrit du parfum de la rose fleurie.

Le noir aquilon souffle, et la rose est flétrie :
Avec elle est tombé le papillon doré.
Il revit : l'ame humaine est ce parfum céleste (1) ;
L'espoir qui fait renaître, et le bien seul qui reste.

(1) Médit. 6.^e

———

L'OUBLI.

DIEU, Principe du bon, est le beau par essence.
Faire le bien qu'on aime, embellit l'existence.
Le mal, par sa laideur, punit l'homme avili.
Du Dieu qu'il a bravé, la colère est l'oubli (1).

(1) Médit. 19, 1.ere édit.

———

LE SAULE PLEUREUR DE GROSLAY.

A Madame TREUTTEL.

PLANTÉ par la main d'une mère,
Et, par ses soins, d'une eau vive arrosé,
En quinze étés, du Ciel favorisé,
   J'ai surpassé la cime altière
Et la beauté des saules les plus grands
Qu'on voit régner au loin sur le bord des étangs.
   Le vaste abri de mon paisible ombrage
Est de ma bienfaitrice un des plus doux présens.

De ses bontés il retrace l'image (1).
Qu'elle daigne agréer l'hommage
De mes rameaux reconnaissans !
Ils tombent inclinés, et pleurent avec elle
Les objets chers et vénérés
Qu'un bois mystérieux dans ses grottes recèle (2)...
Mortels, si quelque jour mon ombre vous appelle
Vers ces asyles retirés,
Gardez de ses bienfaits la mémoire fidèle,
Et que ces monumens vous soient toujours sacrés !

(1) Ce grand et bel arbre a été brisé depuis, comme celui du domaine de Pringy, par le coup de vent terrible de juillet 1829.

(2) Lieu de repos où est inhumée la famille du vénérable M. Treuttel, mort en 1826.

INSCRIPTION

A la Mémoire du savant Géographe GOSSELLIN,

Mort à Paris le 7 février 1830, et inhumé à Montmorency.
(Voyez ci-dessus *Le jardin de Flore.*)

LES Monumens du Roi dans l'Art numismatique
Eurent en GOSSELLIN un vrai Conservateur.
Mais, profond géographe, et non moins sage auteur,
Il sut, en mesurant, de l'hémisphère antique,
Et retraçant aux yeux les contours, la grandeur,

5..

Rendre à sa base astronomique
La Science géographique ,
Dont il fut le Restaurateur.

L'URANIE FRANÇAISE.

SUR

LES TRAVAUX D'ASTRONOMIE NAUTIQUE
ET D'HYDROGRAPHIE

DUS A MM. DE ROSSEL (1) et BEAUTEMPS-BEAUPRÉ (2).

FRUITS de travaux longs et constans ,
Que sous les regards d'Uranie ,

(1) M. le Chevalier Contre-amiral ELISABETH-PAUL-EDOUARD DE ROSSEL , Membre de l'Académie des sciences et du Bureau des longitudes , Directeur général du Dépôt des cartes et plans de la Marine , Auteur des Méthodes d'Astronomie nautique dans le *Voyage de D'Entrecasteaux* qu'il a publié en 1809. (Il est mort le 21 novembre 1829).

(2) M. BEAUTEMPS-BEAUPRÉ , Membre de l'Académie des sciences et du Bureau des longitudes , Ingénieur hydrographe en chef et Conservateur adjoint du Dépôt de la Marine , Auteur, entre autres ouvrages , de l'*Exposé des Travaux relatifs à la reconnaissance hydrographique des côtes occidentales de France* , exécutés sous ses ordres , suivi d'un *Précis des Opérations géodésiques* qui ont servi de base aux cartes et plans de ces côtes par M. DAUSSY, Ingénieur hydrographe de la Marine , 1829.

Pour guider nos Marins , dirige le Génie ,
Quand la Science doit à ROSSEL , à BEAUTEMPS ,
Ces Méthodes , ces Plans , que leur Art simplifie ;
    La France qui s'en glorifie ,
    Poursuit leur œuvre de nouveau ;
    L'Angleterre qui nous envie ,
    En l'adoptant , y met le sceau.

—

LE PRINCIPE DE L'EXPRESSION HARMONIQUE.

A CHARLES BOURGEOIS.

O TOI , qui , de l'Optique et de l'art du Pinceau ,
Sus faire une Science , ainsi qu'un Art nouveau ,
BOURGEOIS , Newton pâlit , en voyant ton génie
Découvrir , appliquer les lois de l'harmonie ,
Qu'étaient loin de donner les Essais imparfaits
Moins d'un physicien que d'un pur géomètre ,
Mais où t'a seul conduit l'enchaînement des faits.
D'un plan conçu d'avance , elles ne pouvaient naître :
L'expérience enfin t'apprit à les connaître (1).
Aussi , quel artifice , en tes savans Portraits ,
Lorsque , des trois Couleurs combinant la mesure ,

(1) *Manuel d'Optique expérimentale* à l'usage des Peintres
et des Physiciens ; suivi d'un Mémoire sur le principe
fondamental de l'harmonie des couleurs , 1826.

Par l'accord vrai des tons et l'ensemble des traits
Tu fais rivaliser l'Art avec la Nature !
Dans le portrait qu'a peint *l'ami pour son ami* (1)
Couleur , Expression , rien ne brille à demi ;
Et tous ceux qu'a frappés sa vive ressemblance ,
Après dix ans encor , disent : C'est l'ami GENCE :
Tant a de vérité l'harmonieux tableau
Dont la lithographie , émule du pinceau ,
D'après ton vieil ami , doit retracer l'image,
Quoique le temps qui marche ait ridé son visage !
Mais le vrai , le naïf , est toujours assez beau.
Un ami qu'on revoit , toujours paraît nouveau.
D'un penseur souriant la physionomie
Malgré l'âge nous plaît , du sentiment amie,
On croit y retrouver, dans son air d'onction ,
L'interprète-éditeur de l'*Imitation*.

(1) *Amicus ad Amicum*, 1818.

LES ARTS ET LA RELIGION.

A F. J. CRUSSAIRE.

O , d'un Musée unique , Artiste-créateur ,
Quels Tableaux , sous ta main , par la lumière et
    l'ombre
Ont , du jour le plus vif à la nuit la plus sombre,
Produit tous les effets dont jamais la couleur ,

Sous le plus beau pinceau , n'a montré la vigueur !
Ces grands effets , pourtant , quel accord les tempère !
Par des plans que gradue un savant clair-obscur ,
Et non par des couleurs que le mélange altère ,
Je vois au noir-foncé s'allier le blanc pur.
Sans rompre l'unité , mais sans monotonie ,
Tu sais , en contrastant , varier l'harmonie ;
Tandis que d'un pinceau , noirâtre ou brillanté ,
Souvent la teinte est dure , ou bien sans vérité.
Du blanc la couleur-vierge est la lumière pure.
Tel parut resplendir , nous marque l'Ecriture ,
L'éclat des vêtemens du Christ transfiguré (1).
Tu l'as dépeint, ainsi, dans ce sujet sacré ,
Dont l'idéal reluit jusque dans la figure.
Plus d'un sujet encor , mystérieux , abstrait,
Que découvre au Chrétien des Livres le modèle ,
T'inspire , et te fournit une scène nouvelle ,
Dont l'objet nous étonne , ou nous touche et nous
plaît.

Voilà le *Fiat lux* : la lumière est créée.
Son jet , perçant au loin l'abîme ténébreux ;
La *Sagesse* divine en son sein concentrée ;
Dans l'espace semés , tous ces *Globes* nombreux ;
Et la *Terre* , des eaux par l'Esprit séparée ,
De la *Création* la merveille opérée ,

______

(1) *Math.* 17, 2, λευχα ως το φῶς (*Candida ut lux*),

Sont autant de sujets élevant ma raison.
Lorsque je redescends à cette sphère même ,
A la nature , à l'art , c'est une autre leçon.
Attribut et symbole , allégorie , emblème.
Se mêlent fréquemment à l'imitation.
Depuis l'Être infini que l'Univers adore ,
Jusqu'au plus simple insecte , au moindre météore ,
Je vois , ô cher Crussaire (est-ce une illusion ?)
Dans ton *Phanorama* , vrai foyer de lumière ,
Un fidèle idéal de la nature entière.
L'industrie en est due à ton invention :
Mais l'Art doit son génie à la Religion.

Paris , septembre 1829.

—

LE QUARTIER DE FRANÇOIS Ier.

A Mr. ET A Mme. BERTOLACCI.

PARIS, ville de bruit, de fumée et de boue ,
   Disait Jean-Jacque, est un Enfer.
   Au cahot près qui vous secoue ,
L'*Omnibus*, il est vrai , peut nous mettre à couvert,
Et chez Bertolacci nous mener de concert.
Toujours s'offre à l'esprit l'ami de ma pensée.
Toujours je fais des vœux, pour lui, pour *Helena.*
Mais quoi ! dans un Désert, dans un triste Elysée ,
Hélas, si loin de nous , quel Dieu vous confina !

Sans cesse aux quatre vents la maison exposée
Voit d'un roi peu féal le gothique château,
Une place sans rue, un grand bassin sans eau,
Des trottoirs sans piéton, des enclos sans culture.
Déjà pend en ruine une ville future,
Dont les hôtels tout neufs ont l'air de vétusté.
Ah ! fuyez ; portez-vous au populeux côté,
Véritable Elysée, où l'Art et la Nature
Offrent de beaux jardins, une heureuse cité.
Telle qu'un long bazar, sa riche voie abonde
Dans les divers produits de l'un et l'autre monde.
D'un Bouquet pour Hélène en vos jardins cueilli,
Quelques fleurs orneront la Rose de Neuilli,
Ou joindront un fleuron au Laurier solitaire
Dont la noble d'Eldir a son temple embelli.
Non loin de mes amis, dans un doux pied-à-terre,
    Quel bonheur pour moi, je l'espère,
De voir fructifier, sous un Roi-Citoyen,
    Vos *Assurances sur la Vie*,
Qui, devant à l'Etat leur base et leur soutien,
Du Peuple avec le Chef cimente le lien,
Qu'un plan fécond, sans cesse, étend et fortifie.
Du Roi Philippe enfin le bienfaisant foyer,
Recevant les rayons du Midi salutaire,
Que l'ombrage adoucit, que le Zéphyr tempère,
    Vaudra bien l'inhospitalier
    Et le stérile belvédère
    Du donjon de François premier.

A CHARLES, L'HEUREUX EPOUX.

Bien plus puissant qu'un Roi, notre Charle est
vainqueur
Non moins que tendre époux d'Alina (1) dont le cœur
Est celui d'une Souveraine.
Par lui d'un nœud p!us doux l'Amitié nous enchaine ;
L'heureux Charle me fait mieux goûter son bonheur,
Que je partage avec Hélène (2).

(1) Alina D'Eldir. — (2) Hélène G****

—

A M. le Marquis DE FORTIA,

LE PATRON DES LETTRÉS.

Quand dans la chaire Sorbonique ,
D'où jaillissait l'instruction
Puiséc à la source Biblique ,
Une doctrine Platonique
Fait naître , de l'abstraction ,
Cette haute Philosophie
Dont la stérile vérité ,
Quoiqu'élevant l'esprit vers la Divinité ,
N'attache ni ne fructifie ,
Et sert bien peu l'Humanité ;

O que du sens commun une sagesse amie
        Doit l'emporter par la raison
        Sur la moderne Académie !
Qu'un SAGE ici nous offre une grande leçon !
Des Lettrés à-la-fois le patron et l'exemple ,
Au génie , au malheur , sa maison est un temple.
Un culte simple et pur , celui des bons esprits ,
        Rend à sa MINERVE un hommage
        Qui pour ELLE est du plus haut prix.
Par lui la bienfaisance achève son ouvrage.
Honorable D'Eldir , il recueille , il propage
Tes *Méditations* , qui , de l'Inde à Paris ,
Montrent la Vérité sous sa plus noble image.

Père de nos Varrons , qu'il adopte pour fils ,
Recherchant la Science , il en jouit , il l'aime ;
        Il la cultive ; il est lui-même
        Docte antiquaire , historien ,
Moraliste , et de plus philosophe chrétien.

Uni sous un beau ciel à sa chère JULIE ,
Dont l'esprit , en dépit de la mélancolie ,
Charme et touche les cœurs par des accens divers ,
Il veut voir de nouveau son union bénie ,
Et sa félicité pour longtemps rajeunie ,
Par un double hyménée , après cinquante hivers.

6

Quelle scène attachante inspire mieux la vie !
Si l'Epouse , en souffrant , le plaint et s'attendrit,
L'Epoux , séchant ses pleurs , l'apaise et lui sourit.
Tel est le vrai bienfait de la Philosophie.
    L'Humanité , sa digne sœur ,
    Jointe à la Raison, vivifie
    Notre esprit , en parlant au cœur.

       Paris, 1829.

—

LES OMNIBUS.

Grâce au Lustre écoulé , digne du moyen Age ,
Quel Art nous a valu , pour gagner du chemin ,
Outre de courts trottoirs , cent voitures sans fin ,
Dont le ventre alongé nous reçoit sans partage ,
Tous côte-à-côte assis : *Non omnibus impar !*
L'humble nef de Caron, pour quelque obole ou liard ,
Mène vif en Enfer , ou bien dans l'Elysée.
La Goutte en *Omnibus* se voit paralysée.
En *Dame-blanche* , Eglé fait, sur le boulevard ,
Le matin sans parure, une emplette au bazar.
De la dépense , ainsi , c'est une économie.
Rogner sur son budget quelque peu, c'est beaucoup.
Quel besoin de voiture ? on en trouve à tout coup ;
On observe des gens la physionomie ;
Dans le nombre on rencontre une figure amie.
On marche moins à pied ; mais on s'arrête mo   :

Un loisir plus actif dispense mieux les soins.
Dans la grande Cité , maint lettré , maint artiste ,
Employé , commerçant , fabricant ou modiste ,
Médecin sans pratique ; et sans cause avocat ,
En ménageant le temps , font valoir leur état.
L'ami chez ses amis plus fréquemment voyage.
Ma grave épouse et moi cheminons davantage.
L'*Orléanaise* , au Cours allant par Rivoli ,
Près le temple d'Eldir , de vertus embelli ,
Humblement nous dépose , ou chez Flore nous mène
Voir notre bon ami , voir son aimable Hélène ;
Ou nous conduit , plus loin , visiter à Neuilli
    Notre Rose , la vertu même ,
    Dont la grâce n'a point vieilli.
Un opulent Lettré peut charger ses voitures
Des livres qu'il publie , et dont les reliures ,
Par Martin , ont leurs bords élégamment dorés :
Quoiqu'il les porte en pompe à des hommes titrés ,
Les amis qu'il protège ont part à sa largesse.
Pour moi qui n'ai ni train , ni dehors décorés ,
A d'anciens amis tout simplement j'adresse
Quelques doux souvenirs qu'après moi je leur laisse ;
Ou bien la *Diligente* , un dimanche matin ,
Me porte du Marais au Parnasse d'Antin.
J'y trouve un docte ami de la Philosophie ;
    C'est notre joyeux Constantin ,
    Qui vient au cher Mont-Palatin,

Saluer son AUGUSTE , et JULIA Livie.

    Puis, grâce à son heureux destin,

Chantant le Dieu qui fit les loisirs de sa vie,

    Il retourne au Pays latin.

Je reprends l'*Omnibus;* c'est le titre classique

De tous ces chars communs : par un nom générique

    Les distinguer est un abus.

    Dames-Blanches et *Favorites,*

    Sont de même Cosmopolites.

    Pour tous c'est le char de Phébus.

    De Montmartre les *Ecossaises ,*

    Et du Coq les *Orléanaises ,*

    Seront toujours des *Omnibus.*

    Paris , décembre 1830.

———

LE SPECTACLE DES ETOILES.

Cœli enarrant gloriam Dei (Psalm. XVIII).

D'EGYPTE ramené , debout sur le navire,

    Levant les yeux , et montrant de la main

Les astres qui la nuit éclairaient son chemin ,

    L'esprit frappé de ces cieux qu'il admire ,

QUEL ÊTRE A FAIT CELA , disait NAPOLÉON (1) ?

(1) *Mémoires de Bourienne* cités par M. Massias dans son *Traité de philosophie,* Chap. II de l'Existence de Dieu.

« Dieu seul est grand » a dit l'orateur de la France (1).
Devant Dieu tout s'abaisse, et Génie et Puissance.
Malgré leur noble instinct, l'aigle et le fier lion
Savent-ils regarder et contempler ces mondes ?
Du moins, l'homme, au milieu de ces sphères pro-
        fondes,
    Par un élan religieux,
Ainsi que le héros, du sein des vastes ondes,
    S'élève au Dieu qui fit les cieux (2) !

    (1) Début de l'*Oraison funèbre* de Louis XIV par Mas-
sillon.
    (2) *Médit. D'Eldir, Sur la Religion et sur la Nature.*

LE TOMBEAU,

OU UN GRAND SOUVENIR.

Extrait de l'Ode *aux mânes de Napoléon,* par A. Gal-
land de la Tour, membre de l'ancienne commis-
sion d'Egypte.

    Sur un brûlant Roc, ta cendre,
    A l'abri de tes lauriers,
    Renaît, mais non pour nous rendre
    Le Phénix de nos guerriers.
    Une ombre, un nom, importune
    Ceux qu'abaissa ta valeur.

Tu fus grand dans la fortune,
Sublime dans le malheur.
Jouis en paix de ta gloire:
Quand on perdra la mémoire
De tant de hautes vertus,
L'univers ne sera plus.

AU ROI DES FRANÇAIS LOUIS-PHILIPPE.

L'ÈRE DE LA RÉPARATION.

Pendant quarante ans écoulés
Depuis que la Raison lutte avec l'Ignorance,
Dans les fastes qu'offre la France
Que d'âges se sont déroulés !
La *Révolution* produisit l'Anarchie,
Que suivit sous l'Empire un imminént Pouvoir.
La *Restauration* perdit la Monarchie
Par un régime faux, un insensé vouloir.
LOUIS-PHILIPPE enfin, Roi par son alliance
Avec la grande Nation,
A, de la *Réparation*,
Consacré l'Ere qui commence.
La Raison des siècles s'avance.
La Justice aujourd'hui règne avec la Bonté
Et sa digne Sœur, la Prudence,
Qu'accompagne la Fermeté.

Si le Ciel par les Vents semble encore agité ,
Si de la fange impure ils soulèvent la lie ,
    Le Drapeau de la Liberté
Flottant autour du trône , à son Chef nous rallie.
    Par la Vigilance guidé ,
Il rend le libre cours à l'active Industrie ,
    Ramène la sécurité
    Et rassérène la Patrie.

Après une terrible et sublime leçon
Où , par un noble élan , triompha la Raison ,
Qu'une Religion , et grande et libérale ,
Sans dominer l'Etat , relève la morale !
La France enfin renaît sous un Dieu protecteur (1).
Le Panthéon se rouvre au génie , à la gloire.
    Que , dans ce Temple de Mémoire ,
Ministre , magistrat , juge , législateur,
Aillent , de l'héroïque et magnanime ardeur
    Qui nous a valu la victoire ,
    Rendre grâce au puissant Moteur !
Et , lorsqu'Elu du Peuple , un Prince bienfaiteur
Avec la paix redonne à la France la vie ,
Et lui promet des fils dignes de leur Auteur ,

(1) *Dieu protège la France*, Légende des Monnaies
nouvelles.

Qu'un Hymne séculaire à jamais glorifie
L'Ere du Roi–Réparateur !

Paris, 15 décembre 1830.

—

PRÉCIS

SUR L'IMITATION DE J.-C.

ET SON AUTEUR.

QUEL bienfaisant Génie, en qui l'instruction
Egalait l'onction, le divin caractère,
A dicté, composé, de l'*Imitation*
Le livre inimitable, et pourtant si vulgaire ?
Car le style et l'esprit de la Religion.
En font un Manuel, un Livre nécessaire
Pour le chrétien du siècle, et l'humble solitaire,
Pour tout état, tout sexe, âge et condition.
S'il n'est pas le premier, comme a dit Fontenelle (1),
Il est, après la Bible, à bon droit, le second.
Quoiqu'il doive beaucoup à ce champ si fécond,
Il a sa vertu propre et vraiment naturelle,
    Ses richesses et ses beautés (2).

(1) Fontenelle a seulement dit, par comparaison avec
l'*Évangile*, que l'*Imitation* est le plus beau livre qui soit
sorti de la main d'un homme, puisque l'Evangile n'en
vient pas.

(2) Ce n'est nullement un tissu de passages tirés de l'*E-*

A quel digne auteur donc , une étude profonde
De l'Eglise et de Dieu , des humains et du monde ,
A-t-elle révélé ces morales clartés ,
    Ces lumières , ces vérités ?
Quel est l'observateur des mœurs , des idiomes ,
De qui la langue a su parler à tous les hommes (3) ;
Qui , par ses propres maux , par les calamités
Dont il fut et témoin et partie et victime ,
S'instruisit à donner aux siens , aux nations ,
Des conseils , des secours , des consolations (4) ?
Quel autre que celui qu'à ces titres exprime
Le Docteur très-chrétien , en un mot Jean GERSON ?

criture et des *Pères* , comme chez plusieurs compilateurs
ascétiques du temps , et entre autres Thomas à Kempis ,
qui cite toujours textuellement , et ne s'approprie pas ,
comme Gerson , les passages de l'Ecriture , etc.

(3) C'est , en effet , un auteur qui écrit pour tous les hommes , et qui fait la part de tous , des moines comme des gens
du monde , etc. , parce qu'il les a connus tous , et qu'il a dû ,
par suite de ses séjours en Flandre , en Allemagne , mê-
ler les idiotismes de ces pays aux gallicismes dont l'ouvrage
est plein. Voyez *l'Index grammaticus* de notre édition
latine de l'*Imitation* , , Paris , Treuttel et Würtz , 1826.

(4) Un livre si universellement moral et instructif ,
n'a pu être composé qu'à une époque de grands malheurs
dans l'Église et dans l'État , comme sous Charles VI , par
l'homme le plus éprouvé et le plus instruit , et pour des
hommes qui avaient le plus besoin de consolations et
de conseils.

Mais quoi ! contre lui-même, et non contre un chanoine
Qui de Livres pieux, pour lui, pour sa maison,
Retraçait, débitait la commune leçon (5) ;
Qu'ai-je vu reproduire ? un fantôme de moine,
Un abbé Jean *Gersen*, ou plutôt un vain son,
Donné comme le nom de l'auteur véritable (6) !
Depuis dom Constantin, promoteur de la fable (7),
Jusqu'à Napione, l'écho de Durandi (8) ;

(5) Thomas à Kempis, de la maison de Sainte-Agnès
en Hollande, l'un de ces chanoines réguliers de St.-Au-
gustin, qui copiaient, dit Gerson, des manuscrits pour
vivre, et en gardaient plusieurs pour leur nourriture
spirituelle. (Gers. *De laude Scriptorum.*) Voyez l'article
Kempis dans la *Biographie universelle.*

(6) Aucun monument, témoignage, ni indice ancien,
n'ayant prouvé l'existence d'un personnage homonyme
différent de Gerson, ce personnage prétendu a dû être
regardé comme chimérique par tous ceux qui ont appro-
fondi la question, tels que le Jésuite Rosweyde, flamand,
Héser et Amort, allemands, Faraudy de Milan, Thomas
Carré, anglais, les Génovéfains Fronteau et Géry, le
bibliographe Naudé, l'abbé Ghesquières, et enfin Desbil-
lons, qui a appelé Gersen, *nomen sine re.*

(7) Le Bénédictin abbé Constantin Cajetan, jaloux de
donner des enfans à son ordre, *Concertatio de auctore,*
Rome et Paris, 1616.

(8) *Dissertaz. Epist. all' Autore del libro* de Imitat.
Chr., da Galeani Napione, Firenze, 1808, pag. 393. L'existence d'un Titre ancien, concernant un moine du nom
de Gersen, que Jacques Durandi lui a dit tenir de l'abbé

Quel autre document qu'un *dire* contredit?

Ce *dire*, amplifié, devient-il plus probable (9)?

Un Titre non prouvé n'est qu'une assertion :

L'autorité d'un seul est toujours récusable.

    Sur un vain lieu d'extraction (10),

Croit-on aussi fonder une tradition,

Qui, par degrés, naquit d'une rumeur semée

    Lors de la contestation,

Et n'existait pas même au temps de Borromée (11),

Nommant Gerson l'auteur de l'*Imitation*?

    Mu par le moine Gerséniste,

    Le Piémontais *La Chiesa* (12),

Frova, est niée par Frova même. Voyez nos *Considérations sur l'Auteur* (pag. 233-238), à la suite de la *Dissertation* de Barbier sur les Traductions françaises de l'*Imitation*, Paris, Lefèvre, 1812.

(9) G. de Gregory (*Mémoire sur le véritable Auteur de l'Imitation*, Paris, 1827, in-12), rapporte que ce même Durandi lui a dit, non avoir entendu nommer, mais avoir vu un Titre sur Gersen. C'est encore un ouï-dire, une variante grossie du premier propos.

(10) Les mots *Johannis de Canabaco* d'un manuscrit d'Allemagne (Voyez notre édition latine de l'*Imitation*, pag. xix) ont fait supposer l'un *Gersen*, l'autre un lieu de naissance, *Cavaglia*, du nom de *Cabanacum*, écrit, dit M. de Grégory, pour *Canabacum* dans d'anciens actes du lieu.

(11) Charles Borromée, né au château d'Arone, mort en 1584.

(12) D. François della Chiesa : *Abbatum Pedemont, regionis Chronol. Histor.* Turin, 1644, in-4.°

De porter *Gersen* sur sa liste

Le premier de tous s'avisa ,

Quoique l'universel Trithème ,

L'historien de l'Ordre même ,

Se tût sur un auteur pareil.

Mais dans le siècle treizième ,

Parmi les abbés de Verceil ,

Où , sous un Scot , docteur par excellence ,

On fait fleurir , pour cause , la science (13) ,

Vaque après lui la place d'un abbé.

Là *Jean Gersen* , fort à point , est tombé.

Il remplit à lui seul la lacune de l'âge (14) ;

Et le *très-érudit Traité*

(Ainsi qu'on a nommé l'ouvrage)

Devient le lot du nouveau personnage (15).

(13) Ce *Scot (Jean)* est placé au commencement du 13.e siècle , et qualifié de *doctor egregius* dans la liste des Abbés de St.-Étienne de Verceil , rapportée par *la Chiesa*. On connaît le *docteur subtil* Jean Scot ; celui-ci était Cordelier et mourut au XIVe siècle. Il y a bien eu un Scot, bénédictin : il vivait en 800. Mais il fallait un docteur éminent, qui eût précédé Jean Gersen.

(14) Une lettre de l'abbé Frova , chanoine même de Verceil , donne un *Index* de ces Abbés. On n'y trouve ni Scot, ni Gersen ; mais il y a une lacune d'un siècle (de 1219 à 1320) sans aucun nom d'abbé (Amort , *Deduci. critic.* , p. 317.)

(15) On trouve ainsi inscrit sur la liste de l'historien piémontais : *Johannes Gersen , qui eruditissimum Tractatum de Imitatione composuit , anno* 1230.

Mais d'après quelle autorité
e nom est-il venu soudain à la mémoire (16),
Lorsque trente ans avant, dans sa première histoire,
L'écrivain ne l'a point cité (17)?
Un manuscrit fameux, récemment apporté,
Et qu'on croyait vieilli dans la poussière
A la Maison d'Arone (18) où fut un Monastère,
Malgré le nom trois fois estropié
Et vaguement d'*abbé* qualifié (19),
A l'auteur ne fit pas moins croire
Qu'au titre de *Vercéil* une note illusoire (20).

(16) Cet historien dit seulement, sans rapporter ni titre,
ni registre : *Sequentes tantùm (Abbates) ad meam co-
gnitionem venerunt.*

(17) Dans son Catalogue *di tutti li scrittori Piemontesi*
(Turin, 1614, in-4.°), que nous avons sous les yeux, il
n'est nullement question de Jean Gersen.

(18) Le Jésuite Rossignol l'avait remarqué en 1606 et
jugé très-ancien *(perantiquum)*, parce qu'il le croyait
provenir de l'ancien monastère des Bénédictins d'Arone,
devenu depuis maison professe des Jésuites. Mais André
Mayol, profès, l'avait apporté de Gênes à cette maison en 1579. (Voyez Rosweyde, *Vindiciæ Kempenses,*
pag. 438.)

(19) Sous le titre d'*abbé*, à chaque livre, avec les noms
de Jean *Gesen*, *Gessen* et enfin *Gersen*. Voyez le procès-
verbal de l'examen du manuscrit d'Arone, page LXXI des
prolégomènes de notre édition latine.

(20) Note apocryphe, écrite au bas d'un exemplaire

Mais ni Milan , ni Brescia ,
Ni l'érudition Romaine ,
Ni le savant Zaccaria (21) ,
Ni d'Hartzheim et d'Amort la critique Germaine (22),
Nullement ne ratifia
Du manuscrit venant de Gène
L'origine crue ancienne
Par de doctes Francais , en Conseil supposé ;
Car , quoi qu'en ait pu dire un frère ,
Un Président manquait , et Mabillon leur Père ,
Qui lui-même n'a point osé
Du *Specimen* donner le caractère (23).
Sans doute quelques noms pouvaient en imposer ;
Mais l'on peut bien à Baluze opposer
Notre Daunou , sans être téméraire ,

de l'édition de Venise de 1501 , où on lit *D. Johannes*.....
Abbas Vercell.....Mais le nom de *Johannes* est falsifié.
Voyez pag. LXXX de notre édition.

(21) Voyez le jugement des littérateurs indigènes , *Ibid.*,
page LXXV.

(22) *Ibid.* pag. lxxiv. Il est remarquable que le manuscrit d'Arone , comparé avec d'autres manuscrits sem-
blables , a été jugé postérieur même au déclin du 15ᵉ siècle , non-seulement par les chiffres gothiques des livres ,
et arabes des chapitres , mais par la multiplicité des
abréviations et la ponctuation moderne.

(23) Voyez nos *Considérations* sur l'Auteur, pag. 240
et 244 ; — et les prolégomènes de l'édition latine, p. lxxiij.

Quand nos plus habiles Lettrés,
Des plus riches dépôts gardiens éclairés,
Ont, sur un calque exact du Bibliothécaire,
Porté, sans hésiter, un jugement contraire (24).
Si le Titre n'a plus l'antériorité
Qui seule eût pu fonder sa juste autorité,
   Puisqu'avant tout il faut du personnage
      Démontrer la réalité,
      Par quel moderne témoignage
      Peut—on prouver l'antiquité
      D'un nom et de sa qualité,
Qu'après quatre cents ans on crée au moyen âge ?
Non, la cause est jugée, et le fait décidé.
Si certains manuscrits ont un nom équivoque,
Sans que du *Chancelier* ils portent le surnom,
Leur texte, qui décèle une récente époque,
      Est altéré comme le nom (25).
Du Flamand qui confesse avoir transcrit l'ouvrage,
Bien vicieuse aussi parfois est la leçon (26).

(24) *Ibid.* Pag. lxxiij et lxxiv.

(25) Plusieurs manuscrits d'Allemagne et d'Italie portant le nom altéré, mais avec la qualité de Chancelier de Paris, sont moins vicieux que ceux qui ont le nom corrompu, mais sans cette même qualité. Voyez la Description des manuscrits désignés sous ce nom dans l'*Index criticus* de l'édition latine, pag. 368.

(26) Voir la Description du Ms. d'Anvers, pag. xxxvij et xxxviij.

Tout critique sensé , qu'aucun parti n'engage
A donner pour réel un être de raison ,
Ne saurait sur l'Auteur contester davantage :
    Si ce n'est *Kempis* , c'est GERSON (27).

(27) Voyez la Section III de nos *Considérations* sur
l'Auteur, pag. 252 *et suiv.*

———

ENVOI DES VERS PRÉCÉDENS

A M.-G.-T. VILLENAVE.

TRADUCTEUR élégant du Poète que cite
De l'*Imitation* l'auteur plein de raison ,
Qui n'était, par état, moine ni cénobite (1),
VILLENAVE , est-ce toi qui doutes que Gerson
Ait composé ce Livre , où de tant de maximes,
De tant de sentimens et profonds et sublimes ,
Tout homme, tout chrétien trouve une ample moisson !
A mes discussions critiques et morales ,
Toujours en sa faveur s'ouvrirent tes *Annales* (2).
Dès longtemps même avant, au journal des *Curés* (3),
    Dans maint article polémique ,

(1) Ni chanoine régulier, ou cénobite, comme Kempis ,
ni moine profès. L'auteur de l'*Imitation* distingue (liv. 1,
chap. 17) les congrégations religieuses d'avec les monas-
tères, distinction caractéristique pour le 15.ᵉ siècle.
(2) *Annales politiques, morales et littéraires* , 1816-1818.
(3) Ou *Mémorial* de l'Église Gallicane , 1808-1811.

Furent tracés , par ma plume laïque ,

Des extraits à Gerson. au Livre consacrés.

Ce qui me fit aimer ce Livre par degrés ,

Fut du Pasteur Macé (4) la version chérie.

Au printemps de mes jours , dès leur premier rayon ,

J'avais sucé le lait de l'*Imitation.*

Grâce à mes bons parens (5) mon ame en fut nourrie.

Quand la raison plus tard l'eut doucement mûrie ,

J'osai tenter moi—même une traduction

Du Livre qui comptait , dans ma seule Patrie ,

    Sa soixantième version (6).

Mais de textes produits sans nulle passion ,

Après tant d'éditeurs , je vis la pénurie.

    Pour fonder une édition

Sur des Titres exempts de toute fourberie ,

De tout esprit de secte , ou bien de confrérie ,

J'étudiai le Livre ; et c'est l'inscription ,

La doctrine , le lieu , le sens et l'idiome ,

Qui m'ont fait découvrir et l'écrivain et l'homme.

(4) Curé de Ste Opportune, Trad. anonyme, Paris, 1698 , in-8.°

(5) J'ai conservé l'exemplaire in-8. (1700) de l'*Imitation française,* dont ils me lisaient un chapitre tous les jours.

(6) Voyez la *Dissertation* d'Ant. Alex. Barbier sur soixante traductions françaises de l'*Imitation*, Paris, 1812. — La nouvelle traduction a paru en 1820 , Paris , Treuttel et Würtz , in-12 et in-18.

Son pays, ses séjours, du Livre le foyer (7) ;
La *Consolation*, des titres le premier (8) ;
Des plus purs manuscrits, sous son nom, la série (9),
Montrent l'auteur pieux dans l'humble ex-chancelier.
Ainsi l'ont honoré, mais sans idolâtrie,
Charles Labbé, Dupin (10), d'après Leschassier (11),

(7) Outre les manuscrits, aux Célestins et aux Bénédictins, où Gerson avait des frères religieux ; plusieurs
Mss. aux Chartreux avec lesquels il correspondait : à la
Chartreuse de Villeneuve, près d'Avignon, à laquelle il
légua ses livres manuscrits, dont un sous le titre, *De
Consolatione interná* ; aux Chartreux de Bruges, où Gerson a résidé. A l'abbaye de Mœlk, des Mss. fort anciens,
dont un de 1421, un an après son séjour en Autriche.
Voyez pages xiij, xxxj, xlv de notre édition latine.

(8) Le titre général ancien, *De Consolatione interná*,
puis *Consolationum internarum volumen* ; ensuite, *Liber
consolatorius* ; enfin, *De Imitatione Christi.*

(9) Mss. d'Allemagne, de France et d'Italie, au nombre de 20.

(10) Voyez le *Privilège* d'un ouvrage de Charles Labbé
dans le *Gersoniana*, par Ellies Dupin, témoignant lui-
même en faveur de Gerson, comme l'avait fait Jacques
de Sainte-Beuve (*Requête de Naudé*, pag. 12).

(11) Leschassier, conseiller en la Cour, neveu de Jacques Leschassier, auquel avait appartenu le Manuscrit
du neveu de Gerson, portant le nom et l'effigie du Chancelier son oncle, qui est en notre possession. Voyez l'édition latine, pag. liv-lvj.

Emery, Sainte-Croix (12), et Lenglet (13), et
Barbier (14),
Tous pleins d'une raison par le savoir mûrie ;
Avec Corneille encore et le grand Bossuet ,
  Aimé Guillon (15) , Réné Tourlet (16) ,
  Et le docte Labouderie (17),
  Qui de notre éminent Français
  Promet une savante vie ;
 Car je n'ai pu qu'esquisser quelques traits
 Du grave auteur dans la *Biographie* (18).
Le Lettré Fortia , qui d'abord défendait
Contre le Chancelier un trop cher adversaire (19)

(12) J. A. Émery, docteur en théologie, et le savant Guilhem de Sainte-Croix, zélés promoteurs de notre édition.

(13) Lenglet du Fresnoy donne du moins à Gerson l'*Internelle consolation*, vieux français, qu'il regarde comme l'original du latin.

(14) Alex.-Ant. Barbier, auteur de la *Dissertation* déjà citée sur les traductions françaises de l'*Imitation*.

(15) L'abbé Guillon de Montléon. *Lettre d'un Docteur en Théologie*, sur notre traduction et celle de M. Genoude. *Paris*, 1820.

(16) Voyez le *Moniteur* du 15 décembre 1826.

(17) L'abbé Jean Labouderie, éditeur de la traduction de Beauzée pour la Bibliothèque religieuse.

(18) Voyez l'article *Gerson* dans la *Biographie universelle*.

(19) Article des *Annales de la Littérature et des Arts*, 363e. livraison.

Dont l'esprit embrassant une vaine chimère,
　　Sans titre authentique, voulait
Qu'un Livre aussi rempli d'onction, de lumière,
Sortît des bancs poudreux d'un obscur monastère,
　　Lui-même enfin se décidait (20)
En faveur de Gerson, studieux solitaire,
Du monde qu'il connut, exilé volontaire.
Pour toi, depuis vingt ans, ta voix me secondait ;
Et ton Journal, AMI, vint toujours à mon aide,
Lorsqu'aux vrais traducteurs, le premier il rendait
Le nom qui, dans un titre, injustement prêtait
Cusson à Gonnelieu, *Marillac* à Rosweyde (21) ;
Lorsqu'aussi des erreurs qu'à tort on imputait
　　Au savant éditeur Beauzée,
Tu vengeais noblemént sa mémoire offensée (22).
　　Avec non moins d'urbanité,
A la traduction, que La Mennais, monté
Sur Genoude, a de même offerte comme sienne

(20) Il accueillait du moins ma Note pour la défense de Gerson à la suite de son Article dans l'édition des OEuvres de Châteaubriant.

(21) Voyez ces noms dans la *Biographie universelle*, et la *Notice* sur le caractère des Traductions françaises les plus remarquables de l'*Imitation*, dans le *Journal des Curés*, des 14, 20 et 28 septembre 1810.

(22) Voyez dans le même Journal, des 30 août, 4 et 10 novembre 1809, la Défense de l'édition de Beauzée, confondue par Lambinet avec celle de Valart.

(81)

Quoique du Père Lallemant,
Ton *Extrait* littéraire a courageusement
Opposé, comparé la mienne (23).
Tel on t'a vu peser, dans la même équité,
Du texte latin annoté
L'édition Gersonienne (24),
Que, contre une opinion vaine,
Défendit de Daunou l'impartialité (25).

Une franche sincérité,
Qu'un ton ouvert chez toi sans artifice exprime,
Jointe au goût, au savoir, doit te concilier
Des plus nobles talens la confiante estime.
L'Athénée en ses cours a su t'apprécier :
Un éloquent Génie et t'inspire et t'anime,
Lorsque le Sentiment, parlant à ta Raison,
Contre un pur préjugé te dicte une maxime.
C'est de l'Esprit d'ELDIR la vivante leçon.
Chez elle la Pensée en images s'exprime.
Ses *Méditations* offrent de vifs portraits,

(23) Voyez l'*Extrait* du Journal général de la Littérature de France, des mois d'avril, mai et juin 1829.

(24) Extrait du même Journal, des mois d'octobre et novembre 1826, sur notre édition latine avec prolégomènes et notes, où le texte est restitué à Gerson.

(25) Journal des Savans, de décembre 1826.

*

Où le sentiment brille, ainsi que dans ses traits (26).
Quand de nouveaux pensers qu'a médités son ame ,
Attendaient leur essor, ton zèle actif proclame,
Envers l'humanité, les merveilleux bienfaits
Par D'ELDIR opérés, que l'Histoire réclame (27).
Lé Préjugé puissant tombe devant les faits.
L'amour du vrai , du bon, ainsi que toi m'enflamme.
Heureuse l'Amitié qui ressent ton ardeur,
Et , comme la Tendresse, a sa part dans ton cœur !

(26) *Méditations* par une Dame Indienne (Alina d'Eldir).
Paris, 1828.

(27) *La Vérité du Magnétisme prouvée par les faits.*
Paris , 1829.

—

SUR LE DESTIN ET LA PROVIDENCE.

A THÉODORE VILLENAVE.

FILS d'un sage Lettré , dont tu soutiens le nom ,
Reçois les vers que j'offre à ta Muse éloquente.
L'hommage en est léger ; la morale , importante.
Frère d'une Minerve (1), ah ! sois mon Apollon.
Par quels traits , déplorant d'un Ami la mémoire ,
Tu nous dépeins partout l'inflexible DESTIN !
Parmi tant de leçons , qu'ils gravent sur l'airain ,
Quel exemple frappant que l'homme de l'Histoire !
On le jugea , dis-tu , *trop coupable de gloire* :

(1) M.me Valdor.

Sa puissance livrée à la barbare main ,
    Instrument de sa destinée ,
Sur un brûlant rocher expire abandonnée.
Et de quels traits encor , l'Etranger inhumain
Est flétri dans tes vers , quand Jeanne condamnée
Périt sur l'échafaud sans qu'un Prince français
Tentât de l'arracher aux farouches Anglais.
L'Héroïne affermit des Lys la Monarchie.
Le Héros nous sauva d'abord de l'anarchie :
Sa chute offrit , depuis , une grande leçon.
Mais leur fin , à jamais , de Bedford , de Hudson
    Rend les noms en horreur au monde.
L'ère de Jeanne d'Arc fut celle de Gerson :
De notre bord étaient l'équité , la raison ;
De l'autre , l'injustice , et la haine profonde.
    En butte au cruel Bourguignon ,
    Qui , des Anglais , resserrait l'alliance ,
Jean Gerson défendit les lois , la liberté ,
L'autorité du Prince et les droits de la France.
    Lors , dépouillé , persécuté ,
    Mais soumettant sa volonté
    Aux décrets de la PROVIDENCE ,
Il opposa toujours à la Fatalité ,
    Disons mieux , à l'adversité ,
    Sa longanime patience.
Dans l'*Imitation* , dans ce Livre divin ,
Gerson nous montre, AMI , que l'humaine existence

Tend par la Foi, l'Espoir, librement vers sa fin ;
Et, bien qu'un Pouvoir souverain
Semble confondre la prudence,
Une consolante Assistance,
En guidant, rassurant notre sort incertain,
A su concilier, dans l'éternel dessein,
Avec la bonté la puissance,
Avec la liberté la haute prescience.

—

RÉPONSE DE THÉODORE VILLENAVE.

Ma Muse, vierge encor de toute flatterie,
Aimant la vérité jusqu'à l'idolâtrie,
Vient offrir aujourd'hui, sans offenser les cieux,
Un hommage sincère au mortel vertueux,
Fidèle traducteur d'un Livre inimitable,
Sublime en sa morale, en gloire inaltérable,
Des Chrétiens admiré comme un vieux monument
Qu'à la Terre le Ciel lègue éternellement.
Un nom dormait caché dans une nuit profonde ;
Toi seul le découvris, et vins le dire au monde :
De l'*Imitation* l'auteur fut révélé,
Et sortit de la tombe à ta voix appelé.
Honneur à toi ! L'Erreur, en vain dressant sa tête
Voudrait à ton esprit disputer sa conquête ;
Au sacré frontispice avide d'un grand nom,
Pour ne plus s'effacer, *Gence* a gravé Gerson ;

Et des temps révolus en secouant la poudre,
L'ancien problême enfin par toi vient se résoudre.
Savant judicieux, heureux observateur,
Du grand livre sans nom tu rencontres l'auteur
Perdu dans les brandons des discordes civiles,
Quand *Jeanne* de l'Anglais affranchissait nos villes.
Devant le Chancelier, honneur du vieux Paris,
Honteux et rougissant, fuit *Thomas à Kempis* ;
Tous les usurpateurs rentrent dans les ténèbres.
Que d'un moine explorant les dépouilles funèbres,
En vain tout haletant de ses légers travaux,
Et voulant éveiller de mensongers échos,
A proclamer *Gersen* un savant s'évertue ;
Le silence répond : la vérité le tue.

En ses rapides coups, dans son vol solennel,
Le Destin est toujours soumis à l'Eternel ;
Mais il est, d'un Dieu bon, parfois le dur ministre
Il sillonne nos fronts de son regard sinistre :
Bizarre, il fut jeté pour nous éprouver tous,
Au premier jour du monde entre le ciel et nous.
Les plaisirs, les chagrins, et la crainte et l'envie,
A son ordre accourus, se heurtent dans la vie.
Il reçut un pouvoir, terrible, illimité :
Mais il n'est qu'un démon du ciel deshérité ;
Et lorsque sonnera la trompette dernière,
Lui-même abaissera son front dans la poussière.

8

Quand la foudre en éclats tombe sur *Navarrin*,
Faut-il blâmer le ciel , ou blâmer le Destin ?

Que dis-je ? je m'arrête... Oui , ma Muse est profane :
En chantant le Destin , AMI, je me condamne.
Sans vouloir pénétrer de sublimes décrets ,
De mon être inconnu j'adore les secrets.
Dieu pour nous éprouver a fait notre ignorance ;
Mais pour nous soutenir il a fait l'espérance.
Nous tendons vers un but qui n'est point incertain :
Devant nos pas mortels s'ouvre un chemin divin ;
Et la Religion , purifiant la terre ,
Du temps et de la mort met à nu le mystère.
Nos pieds touchent la terre, et notre ame les cieux ;
Mais Dieu seul est puissant, Dieu seul est glorieux.

Dans l'IMITATION , qui toujours nous éclaire ,
On voit que le Destin n'est rien qu'une chimère :
Si j'en doutais, AMI, pour affermir ma foi,
Je relirais GERSON , si bien traduit par toi.

Paris, 7 décembre 1829.

—

AU PÈRE COMMUN DES HOMMES.

—

L'ORAISON DOMINICALE.

Toi qui siéges aux Cieux , ô notre commun Père ,
Que partout de ton nom brille la sainteté !
Que ton règne s'approche ; et que ta volonté,
Ainsi que dans le Ciel , soit faite sur la Terre!
Donne-nous , chaque jour, le Pain réparateur.
Comme nous pardonnons , pardonne-nous l'offense.
Ne laisse point tes fils en proie au Tentateur ; (1)
Mais qu'ils soient tous du mal sauvés par ta puis-
sance! (2)

A toi seul à jamais , Seigneur ,
A toi seul la gloire et l'honneur !

(1) Matth. 4, 3. *Accedens Tentator.* — I. Corinth.
10, 13. *Non apprehendat.*
(2) I. Timoth. 2, 4. (*Deus*) *omnes homines vult salvos
fieri.*

—

AU ROI DES FRANÇAIS, LOUIS-PHILIPPE.

APPLICATION DE L'ORAISON DOMINICALE
PRÉCÉDENTE.

Pardonnez-moi si j'ose , ô notre nouveau Père ,
En demandant au Ciel le Pain quotidien ,
Quand votre règne luit , m'adresser, sur la Terre ,
Au Roi réparateur , au Prince citoyen.
Quatre cents francs chez moi coulaient de la Cas-
sette (1) ,
Pour services loyaux sous Louis seize dus.
C'était un Pain pour moi : c'est pour vous une miette.
Daignez dire un mot , Sire ; ils me seront rendus.

Puissent-ils , après moi , par une grâce extrême ,
Passer à mon Epouse , à mon autre moi-même (2) !

(1) Obtenus par l'entremise de M. Hue le père , pour services en qualité d'archiviste au Dépôt des Chartes ; emploi dont le travail est mentionné dans la *Notice* de mes productions littéraires.
(2) Presque aveugle , et septuagénaire ainsi que moi.

TABLE DES PIÈCES.

(90)

FIN
BIBLIOTHEQUE ROYALE

www.ingramcontent.com/pod-product-compliance
Ingram Content Group UK Ltd.
Pitfield, Milton Keynes, MK11 3LW, UK
UKHW022326070726
13614UKWH00002B/982

9 782329 091204